PERFIS BUARQUEANOS

Ensaios sobre Sérgio Buarque de Holanda

GOVERNO DO ESTADO DE SÃO PAULO
RESPEITO POR VOCÊ

Governador — **Geraldo Alckmin**
Secretário Chefe da Casa Civil — **Arnaldo Madeira**
Secretário de Cultura — **João Batista de Andrade**

MEMORIAL

Fundação Memorial da América Latina

Diretor-presidente — **Fernando Leça**
Chefe de Gabinete — **Fernando Calvozo**
Diretor do Centro Brasileiro de Estudos da América Latina — **Eliézer Rizzo de Oliveira**
Diretor de Atividades Culturais — **Felipe Macedo**
Diretor Administrativo e Financeiro — **Sérgio Jacomini**

DEPARTAMENTO DE PUBLICAÇÕES
Gerente/Editora Executiva — **Leonor Amarante**

imprensaoficial

Imprensa Oficial do Estado de São Paulo

Diretor-presidente — **Hubert Alquéres**
Diretor Vice-presidente — **Luiz Carlos Frigerio**
Diretor Industrial — **Teiji Tomioka**
Diretora Financeira e Administrativa — **Nodette Mameri Peano**
Chefe de Gabinete — **Emerson Bento Pereira**
Núcleo de Projetos Institucionais — **Vera Lucia Wey**

ORGANIZADOR
João Ricardo de Castro Caldeira

PERFIS BUARQUEANOS

Ensaios sobre Sérgio Buarque de Holanda

MEMORIAL

imprensaoficial

São Paulo
Outubro - 2005

Dados Internacionais de Catalogação na Publicação (CIP)
(Câmara Brasileira do Livro, SP, Brasil)

P516 Perfis buarqueanos : ensaios sobre Sérgio Buarque de Holanda / organização de João Ricardo de Castro Caldeira. — São Paulo : Fundação Memorial da América Latina : IMESP, 2005.
150p. ; 14 x 21cm.

Conferências apresentadas durante o Seminário Perfis Buarqueanos
ISBN 85-85373-46-6 | Fundação Memorial da América Latina
ISBN 85-7060-385-1 | Imprensa Oficial do Estado de São Paulo

1. Literatura – Brasil. 2. Ensaios – Brasil. I. Caldeira, João Ricardo de Castro, org.

CDD – B869.4

Ficha Catalográfica elaborada na Biblioteca Latino-Americana Victor Civita

Foi feito o depósito legal na Biblioteca Nacional
(Lei n° 1.825, de 20/12/1907)

Fundação Memorial da América Latina
Av. Auro Soares de Moura Andrade, 664
Barra Funda
01156-001 - São Paulo/ SP
Tel.: (011) 3823-4600
Fax: (011) 3823-4611
www.memorial.sp.gov.br

Imprensa Oficial do Estado de São Paulo
Rua da Mooca, 1921 - Mooca
03103-902 - São Paulo - SP
Tel.: (011) 6099-9800
Fax: (011) 6099-9674
www.imprensaoficial.com.br
livros@imprensaoficial.com.br
SAC 0800-123 401

SUMÁRIO

APRESENTAÇÃO

Neste livro, encontram-se reunidos os trabalhos apresentados durante o Seminário Perfis Buarquianos, promovido nos dias 8, 9 e 10 de outubro de 2002 pela Fundação Memorial da América Latina, em parceria com o Centro Universitário Nove de Julho (Uninove), Instituto de Estudos Brasileiros (IEB/USP) e Arquivo Central do Sistema de Arquivos da Universidade Estadual de Campinas (SIARQ-Unicamp). A essas instituições agradeço o apoio para a realização do referido Seminário, através do qual foi comemorado o centenário de nascimento do eminente intelectual brasileiro Sérgio Buarque de Holanda (1902-1982).

Uma feliz coincidência possibilitou incluir naquela comemoração uma homenagem ao Instituto de Estudos Brasileiros da USP, – criado por Sérgio Buarque em 1962 –, que então celebrava 40 anos de sua fundação. No Memorial da América Latina e no próprio IEB foi montada exposição intitulada Visões de Sérgio Buarque de Holanda, para a qual foi decisiva a colaboração das funcionárias do SIARQ-Unicamp, em especial Márcia Aparecida Marquez Silveira, sobretudo pela autorização para expor, no Memorial e no IEB, fotos e documentos do Fundo "Sérgio Buarque de Holanda". Agradecimentos também devem ser dirigidos ao Prof. Dr. Istvan Jancso, Diretor do IEB, por haver disponibilizado as instalações e recursos do Instituto tanto para o Seminário como para a realização da Exposição.

Buscando atender aos desígnios do Seminário, oferecendo ao público diferentes perfis do homenageado, foi para mim extremamente gratificante ter podido reunir naquela ocasião eminentes intelectuais e amigos de Sérgio Buarque, como os professores Antonio Candido e Marlyse Meyer, ao lado de ex-alunos do autor de *Raízes do Brasil,* os professores José Sebastião Witter, Maria Odila Leite da Silva Dias e Suely Robles Reis de Queiroz, além dos professores Antonio Arnoni Prado, Reynaldo Damazio e Robert Wegner, estudiosos da obra buarquiana, e da Professora Marta Rossetti Batista, que participou do Seminário como representante do IEB. A todos agradeço por terem aceito o convite para expor suas idéias e sentimentos sobre aquele que foi o mais importante historiador brasileiro do século XX.

Agradecimentos especiais devem ser estendidos à Dra. Isaura Botelho, Fábio Weintraub e Reynaldo Damazio, que à época atuavam no Centro Brasileiro de Estudos da América Latina (CBEAL) do Memorial da América Latina e se interessaram pela proposta do Seminário, não medindo esforços para que o mesmo fosse bem-sucedido.

Aos amigos Fernando Gamba, Eduardo Farsetti, Márcia Ferraz e Leonor Amarante, funcionários do Memorial da América Latina, sou grato pela colaboração na montagem do Seminário e pelo empenho na publicação deste livro, que não teria sido possível sem o concurso do Centro Universitário Nove de Julho (Uninove), ao qual agradeço nesta oportunidade.

João Ricardo de Castro Caldeira

CONTO DE DUAS CIDADES

Antonio Candido

Não pretendendo entrar em questões essenciais da obra de Sérgio Buarque de Holanda, vou me limitar a aspectos periféricos, ou, antes, a uma questão ligada à sua biografia, que parece importante para compreender a natureza do seu percurso intelectual.

Ele nasceu em São Paulo, filho de pai pernambucano e mãe carioca, e fez sempre muita questão de ser paulista, mas em 1921, com 19 anos, mudou com a família para o Rio e lá viveu 25. Em 1946 voltou para a cidade natal, convidado pelo interventor José Carlos de Macedo Soares para dirigir o Museu Paulista, em substituição a Afonso de Taunay, que tinha sido seu professor de história no Ginásio de São Bento. Embora tenha sido rapaz precoce, o fato de ter ido adolescente para o Rio fez com que amadurecesse e se realizasse intelectualmente lá. Quando foi, era autor de alguns artigos promissores. Quando voltou, era o mestre consagrado de *Raízes do Brasil*, de *Monções*, de *Cobra de Vidro*.

No Rio foi sempre identificado como paulista. É o que podemos ver num escrito de Manuel Bandeira, incorporado no livro *Crônicas da Província do Brasil*, intitulado "Sérgio, o anti-cafajeste", no qual diz que os paulistas podem ter muitos defeitos, mas cafajestes nunca são... O certo, porém, é que havia em Sérgio um carioca incrustado no paulistano, e foi no Rio que aconteceu a coisa talvez mais importante de sua vida: o casamento com Maria Amélia Cesário Alvim, cujo movimento parece com o dele, pois era carioca filha de pai mineiro e mãe paulista, mas mudou para São Paulo em 1964 e ficou aqui trinta e tantos anos antes de voltar para a terra natal. Maria Amélia é uma mulher extraordinária, não apenas pela qualidade humana e por ter sido uma espécie de viga mestra da vida familiar, mas pela inteligência e pelo papel de colaboradora íntima nos trabalhos do marido.

Foi também no Rio que Sérgio encontrou o maior amigo, Prudente de Moraes, neto, a quem o ligou uma amizade profunda, feita de grande afeto e perfeita comunhão mental. Ele se emocionava ao falar de Prudente, qualificando-o de "varão de Plutarco" e observando que nunca havia mentido. Ambos criaram e dirigiram bem moços a revista *Estética*, que só tirou três números, mas deixou marca na vida literária do tempo.

Além de Prudente, Sérgio encontrou no Rio a maior parte dos seus grandes amigos: Manuel Bandeira, Rodrigo Melo Franco de Andrade, Lúcia Miguel Pereira, Otávio Tarquínio de Sousa, Francisco de Assis Barbosa, Afonso Arinos de Melo Franco. Pode-se dizer que a sua constelação afetiva foi sobretudo carioca, embora tenha incorporado posteriormente alguns amigos de São Paulo. Isso posto, falarei agora da tonalidade paulista com que ele atuou no modernismo carioca.

O modernismo propriamente dito foi um fenômeno localizado sobretudo em São Paulo e no Rio, com um prolongamento em Minas. Em outros lugares houve manifestações paralelas, como em Pernambuco, ou de compromisso, como no Rio Grande do Sul. E é curioso notar que, embora a Semana famosa tenha ocorrido em São Paulo, os modernistas do Rio não costumavam vir nem ter atividades aqui, enquanto os paulistas freqüentavam muito o Rio e participaram da sua vida cultural. Uma corrente de mão única.

Alguns exemplos: Guilherme de Almeida chegou a morar lá, como também Ribeiro Couto. Mário de Andrade lá morou e trabalhou, do mesmo modo que Rubens Borba de Moraes. Oswald de Andrade ia lá sempre e lá teve apartamento, como o mecenas Paulo Prado.

A razão é óbvia: naquele tempo o Rio era a capital do país e o centro cultural por excelência, enquanto São Paulo ainda não passava sob este aspecto de um modesto núcleo provinciano. O Rio tinha equipamento cultural muito mais importante e era o lugar que consagrava. Quem desejasse receber a chancela em literatura, música, pintura, teatro precisava passar pelo crivo carioca. Hoje, é claro, tudo mudou e houve mesmo certa inversão. Do ponto de vista cultural, no século XX o cunho próprio de São Paulo só se definiu com o incremento rápido e sólido da cultura universitária, do espírito de investigação nas ciências, tanto exatas quanto naturais e sociais. E, apesar da Semana tumultuosa e iconoclasta de 1922, nunca houve por aqui o toque de graça e imaginação, o brilho da boemia literária e artística, a liberdade de espírito que caracterizavam o Rio e davam impressão de maior criatividade. São Paulo, pesadão e caxias, fazia Mário de Andrade aludir satiricamente numa carta a Paulo Duarte à "sublime burrice paulista", pensando provavelmente no culto do pé-de-boi e do suor produtivo.

Digo isso para assinalar que Sérgio Buarque de Holanda, paulistano transferido para o Rio, participou, não apenas quanto à experiência de vida, mas quanto ao temperamento intelectual, ao modo de ser e à natureza da obra dos dois espaços que procurei esquematizar. Ele oscilou entre Rio e São Paulo, o que teve papel importante na sua formação e na sua caracterização como historiador e como crítico.

Nessa altura convém aludir às diferenças entre o modernismo em São Paulo e no Rio: aquele, mais moderado. Tanto assim, que "moderados" daqui, como Guilherme de Almeida e Ribeiro Couto, são mais parecidos com os de lá.

Um indício disso é que os documentos mais importantes da teoria modernista foram produzidos em São Paulo, bastando lembrar o "Prefácio interessantíssimo", de *Paulicéia Desvairada*, e *A Escrava que não é Isaura*, de Mário de Andrade, ou o "Manifesto Antropófago", de Oswald de Andrade. Como sabemos, houve no modernismo uma ala nacionalista meio ornamental e politicamente conservadora, representada em São Paulo pelos movimentos Verdeamarelo e Anta.

Ora, mesmo essa modalidade teve aqui maior densidade teórica, com Plínio Salgado e Cassiano Ricardo, por exemplo. No Rio, houve apenas os arroubos cósmicos de Graça Aranha e alguns artigos de Ronald de Carvalho, que não marcaram o movimento nem tiveram grande conseqüência.

Isso talvez se explique, ao menos em parte, porque em São Paulo a pista estava mais livre e os novos tinham pouca coisa para respeitar, enquanto no Rio havia de longa data um acervo cultural forte, que se impunha, correspondia a hábitos arraigados e não se deixava derrocar facilmente. Basta comparar a atitude mental e os escritos de Mário de Andrade, Oswald de Andrade, Antônio de Alcântara Machado com os de Graça Aranha, Ronald de Carvalho, Renato Almeida. Mesmo os escritores mais convencionais de São Paulo, como os nacionalistas mencionados, se consideravam de vanguarda e queriam ir esteticamente para diante, embora os automatismos e o temperamento os puxassem para trás. Os escritos de Menotti Del Picchia, por exemplo, só eram modernistas na intenção do autor, que apenas na teoria era paladino radical. Já no Rio houve logo oposição doutrinária e prática às inovações, com pontos de vista e realizações literárias verdadeiramente anti-modernistas, como as do grupo de *Festa*, com Cecília Meireles, Tasso da Silveira, Murilo Araújo, logo seguidos por Augusto Frederico Schmidt. No Rio houve, portanto, certa modernidade desconfiada e franca oposição ao modernismo, bastando pensar no teor de revistas como *Terra de Sol*, *Pan*, a citada *Festa*. Lá, só um poeta de alta envergadura manifestou verdadeira radicalidade literária: Manuel Bandeira, vindo do pós-simbolismo, mas convertido de fato à nova estética.

Essas coisas são ditas para fundamentar a impressão de que Sérgio Buarque de Holanda manifestou no Rio uma mentalidade mais próxima do modernismo radical paulista. Isso é visível em 1924 na revista *Estética*, onde ele e Prudente de Moraes, neto, têm franca preferência pelo modo paulista de ser moderno, inclusive com restrições a escritos de Ronald de Carvalho e Graça Aranha, eixos do modernismo carioca, em contraste com a simpatia pelas posições de Mário de Andrade e Oswald de Andrade. De certo modo, essa atitude teve o seu momento paradigmático no famoso artigo "O lado oposto e outros lados", que Sérgio publicou em 1926 na *Revista do Brasil* _(2ª fase). Nele, identifica o modernismo autêntico com o que se pode chamar o modo paulista, mais duro e mais radical.

Além disso, é curioso ver nos escritos dele àquela altura certa impregnação dos modismos lingüísticos de Mário de Andrade, em contraste com o que viria a ser o seu estilo maduro, cada vez mais próximo da tradição.

Esse Sérgio radical, que se manifesta sobretudo na crítica literária, é completado pelo Sérgio estudioso, que se beneficiou com a estadia na Alemanha, de 1929 a 1930, oportunidade para ampliar os conhecimentos e renovar a bibliografia, que os amigos podiam ver pesando nas suas estantes em alentados volumes de Max Weber, Werner Sombart ou o grossíssimo *Dicionário de Sociologia (Handwörterbuch der Soziologie*), organizado por Alfred Vierkandt e marco nos estudos da matéria. Essa experiência enriqueceu o Sérgio carioca e o preparou para a eclosão do decênio de 1930, no qual se situa outra experiência decisiva na sua formação de historiador. Penso na grande aventura intelectual, truncada no nascedouro, que foi a Universidade do Distrito Federal, um dos mais belos empreendimentos de ensino superior que houve no Brasil. Promovida pelo prefeito Pedro Ernesto Batista, planejada e organizada por Anísio Teixeira, era um projeto moderno, aberto, heterodoxo, receptivo para disciplinas novas aqui, como Literatura Comparada, Estética, Antropologia, História Econômica. É claro que foi logo tachado de subversivo pela mentalidade então retrógrada dos meios católicos e acabou, primeiro desvirtuada, depois dissolvida.

No seu bom momento teve professores notáveis, daqui e de fora. Nela Sérgio Buarque de Holanda se iniciou nas técnicas modernas de pesquisa histórica, como assistente de história econômica do famoso Henri Hauser, com quem, contava ele, aprendeu a estudar, inclusive no tocante à elaboração de fichas. Foi também assistente em Literatura Comparada do Professor Henri Tronchon, que escreveu um livro interessante sobre a sua experiência brasileira, no qual cita bastante *Raízes do Brasil*.

Assim, vemos como a vida no Rio foi importante para Sérgio, tanto no que se refere à atividade literária de modernista quanto na formação do historiador. Quando veio de volta, em 1946, estava armado de ponto em branco para a fase mais produtiva da sua obra, na qual se destacam, em literatura, a atividade de crítico regular (em jornais do Rio) e a elaboração dos estudos sobre literatura colonial, inacabados e reunidos postumamente em volume. No campo da história, avultam os estudos que formaram *Caminhos e Fronteiras* e o monumental *Visão do Paraíso*. A oscilação entre Rio e São Paulo tinha dado os seus frutos na formação desse altíssimo intelectual.

Convidado para dirigir o Museu Paulista, aceitou o encargo com prazer e creio que se sentiu logo muito bem reinstalado na terra natal. No Museu mostrou-se identificado ao tipo de cultura universitária característica de São Paulo. Com Herbert Baldus, modernizou as publicações do Museu e, como ele, foi professor da Escola de Sociologia e Política, onde ensinou História Social do Brasil, até que em 1956 foi convidado para substituir na cadeira de História da Civilização Brasileira da Faculdade de Filosofia da Universidade de São Paulo o Professor Alfredo Ellis Júnior, aposentado por grave motivo de saúde. Registremos que quem teve a idéia de convidar Sérgio foi Lourival Gomes Machado, a quem a Faculdade ficou devendo esse serviço inestimável.

Na Universidade, onde fundou e dirigiu o Instituto de Estudos Brasileiros, encontrou por assim dizer o seu nicho final. O homem libérrimo, boêmio, irreverente, sábio como poucos, capaz de ir das experiências literárias mais avançadas às culminâncias da erudição e da interpretação histórica e literária se encaixou nela admiravelmente bem, unindo as duas pontas da sua formação. Daí brotou a grande obra que é *Visão do Paraíso*, que os historiadores consideram uma das mais importantes da historiografia universal no século XX.

Com isso chegamos ao fim, em que não direi, com espírito de rigor, *quod erat demonstrandum* . Mas apenas que tentei sugerir de que maneira a oscilação entre Rio e São Paulo foi importante para a formação e a realização intelectual de Sérgio Buarque de Holanda.

NO CENTENÁRIO DE SÉRGIO BUARQUE DE HOLANDA

Marlyse Meyer

Agradeço ao Memorial da América Latina pelo convite para vir aqui homenagear Sérgio Buarque de Holanda pelo seu centenário, o que é difícil imaginar, quando a gente se lembra de sua figura jovial , sempre animada.

Como estaria ele hoje, com o extraordinário feito eleitoral do partido de que foi um dos fundadores, vendo, quem sabe nele, como que uma resposta do futuro ao que ele colocava na conclusão de seu primordial *Raízes do Brasil*.

Pediram-me que eu focalizasse aqui meu trabalho de tradutora para o francês desse *Raízes do Brasil,* mas antes preferi evocar o Sérgio que tive o privilégio de conhecer e abordar outros livros que marcaram profundamente minha formação.

Conheci a alegre casa de Sérgio e de Maria Amélia por ocasião de um de seus aniversários. Com o tempo nos encontraríamos freqüentemente, e Sérgio até construiu um parentesco um pouco emaranhado a partir de primos tortos meus e sobrinho dele. Éramos primos, dizia ele, e me lembro quando, radiante, me convidou para a estréia da "neta", minha "prima" ??? a "filha" do Chico, que é *Morte e Vida Severina*...

E tive a sorte de ter podido ir várias vezes conversar com ele no seu escritório da casa da rua Buri, quando começava minhas indagações sobre os primórdios do romance brasileiro, as primeiras leituras no Brasil, os primeiros livros que chegaram aqui. Sérgio indicou-me o que seria para mim um fundamental livro de aprendizagem, *El Libro del Conquistador*, de Irving Leonard, e sua extraordinária pesquisa sobre o árduo caminho dos livros, dos lombos de burros às caravelas, das caravelas aos lombos de burros, desde as impressoras ibéricas até as alturas de Cuzco, apontando para o fundamental papel das novelas de cavalaria nos sonhos dos conquistadores. Temas que a partir da distinção entre o imaginário castelhano e o português, com "seu realismo repousado" (*V.P.,* p.130), Sérgio Buarque abordaria, entre outros, em *Visão do Paraíso,* na sua busca dos motivos edênicos e das visões de maravilhas que já habitavam os imaginários europeus, antes da descoberta do Novo Mundo, e ainda reforçados pelo modo como os primeiros navegadores reinterpretavam o que os naturais da terra, apenas descoberta, lhes contavam. Esse outro mundo e seus prodígios já antevistos não era como o paraíso, mas o próprio lugar do paraíso.

Esse livro, e outro, mais ao rés-do-chão, *Caminhos e Fronteiras*, além de *Raízes do Brasil*, é claro, haveriam de ser determinantes na guinada que tomaram meus estudos e pesquisas, quando entrei na fase de "redescoberta do Brasil".

Quando me atirei a conhecer festas, danças e outras comemorações festivas ditas populares no Brasil, sempre me fascinou o que Roger Bastide colocou tão bem em seus ensaios de folclore brasileiro, chamando a atenção para a formidável reviravolta do imaginário dos primeiros ocupantes da nova terra, aqueles rústicos marujos, mercenários, aventureiros, que haveriam de se confrontar a novas estrelas, a luas e estações de cabeça para baixo, supersticiosos cristãos ainda impregnados de reminiscências pagãs. Que já haviam enfrentado o medo das navegações em mares ignotos infestados de monstros, aqueles que já ornavam cartas e portulanos, e aqueles mais temíveis ainda, que imaginavam, correndo o risco de mergulhar no abismo, já que a terra era quadrada. E, uma vez alcançada a nova terra, como sobreviver no Paraíso Terreal? Agarrados sem dúvida a seus santinhos e jesuscristinhos, que lhes garantiriam a salvação das almas, mas como garantir a sobrevivência dos corpos?

Caminhos e Fronteiras respondia a muitas dessas curiosidades e de muito me valeu para a minha aprendizagem de Brasil, na medida em que, ao abordar a aquisição pelos primeiros povoadores de uma cultura material estranha, mas imprescindível para sua sobrevivência, já aponta para alguns elementos constitutivos do complexo processo da formação mestiça brasileira.

O livro focaliza "a sociedade constituída no planalto da capitania de Martim Afonso de Sousa, [que] se mantém, por longo tempo ainda numa situação de instabilidade, que deixa margem a maior intercurso dos adventistas com a população nativa. Sua vocação estava no caminho que convida ao movimento; não há grande propriedade rural que forma indivíduos sedentários". (*Caminhos e Fronteiras*, prefácio do autor, p. II, transcrito, diz ele, de um seu outro livro, *Monções,* Rio de Janeiro, 1954, p. 11-14, que já visava apresentar certos aspectos significativos da implantação em terra brasileira de uma civilização adventícia).

Caminhos e Fronteiras

O livro comporta três partes. A primeira, que examino aqui mais em detalhe, aborda as situações surgidas do contato entre uma população adventícia e os antigos naturais da terra com a subseqüente adoção, por aquela, de certos padrões de conduta e, ainda mais, de utensílios e técnicas próprios dos indígenas. "Um processo em suma de diluição do legado ancestral europeu." O lento processo de recuperação desse legado ancestral é tratado nas partes subseqüentes.

A segunda dedica-se às técnicas rurais, onde há mais lugar para a herança indígena, e na terceira se "abordam atividades que tendem a acomodar-se aos meios urbanos e tornam, neste caso, cada vez mais dóceis aos influxos externos".

A ação colonizadora se realiza aqui por uma contínua adaptação dos povoadores a condições específicas do meio americano. Só aos poucos, embora com extraordinária consistência, consegue o europeu implantar num país estranho algumas formas de vida, costumes, técnicas ou tradições vindas da metrópole. Longe dos centros de consumo, ainda não podiam atrair em grande escala os negros africanos, daí correrem sertões inóspitos e ignorados à busca dos "negros da terra", mas, para isso, utilizam as trilhas já abertas pelos próprios nativos que eles, os colonizadores, querem reduzir à escravidão.

Assim conseguem percorrer quase todo o Brasil, deixando no seu rastro traços "paulistas", até hoje indeléveis na mentalidade e usos de nossos caipiras.

Por exemplo: a marcha em fileiras simples, pé no chão, costume tradicional entre eles, remonta à utilização de trilhas e veredas de pouca largura, utilizadas ou ensinadas pelos nativos a seus descendentes mamelucos e aos colonos brancos que se embrenharam terra ignota adentro. Hábitos que tiveram de imitar para resistir à hostilidade do meio.

Foi assim para caminhar, foi assim para descobrir nascentes, olhos-d'água, plantas e árvores armazenando água, as "samaritanas do sertão", para saciar a sede, foi assim para a subsistência.

Não hesitaram em aceitar as "iguarias de bugre": "Mais transigentes do que o gentío da terra mostraram-se muitos colonos brancos, adotando em larga escala os recursos e táticas indígenas de aproveitamento do mundo animal e vegetal para a aquisição dos meios de subsistência (...). Muito alimento que pareceria repugnante a paladares europeus teve de ser acolhido desde cedo por aquela gente, principalmente durante as correrias do sertão, pois a fome é companheira constante da aventura" (p. 63).

"Se, junto às paragens povoadas, os europeus, graças sobretudo à importação de instrumentos metálicos – machados, enxadas, cunhas, anzóis de ferro –, ao conhecimento de meios relativamente simples de obter fogo, e, finalmente ao plantio de certos vegetais oriundos de outros climas, conseguiram vencer entre nós muitas das limitações impostas pelo ambiente (...) outras seriam as condições durante longas viagens por lugares ignorados e incultos. Aqui o adventício tinha de ficar quase inteiramente à mercê dos expedientes inventados pelos selvagens, pois o equipamento técnico trazido do Velho Mundo era muitas vezes inútil em terras que não estivessem preparadas para recebê-los" (p. 68).

Ao passo que, mesmo quando os indígenas incorporavam alguns produtos de além-mar, por exemplo, os animais domésticos, "à aceitação de um elemento importado não correspondeu, entre eles, uma indiscriminada aceitação das formas adventícias tradicionais de aproveitamento desse elemento. Ao passo que o europeu transigiu, em tudo, com os processos indígenas, sem se dar sequer o cuidado de aperfeiçoá-los" (p. 202).

Enquanto que, por exemplo, na viação fluvial, os brancos copiavam em tudo a técnica indígena de fabrico das canoas de um tronco só. Ou o uso imediato do costume de descansar e dormir em redes, conservando, para fazê-las, os mesmos métodos de tecelagem.

Assim foi para a caça e a pesca, seu sustento, além da farinha-de-guerra (a de mandioca) e do que dá a terra sem lavragem, as frutas.

Estabeleceu-se então entre o invasor e o índio subjugado uma espécie de solidariedade cultural que se traduz em termos de caça, principalmente de armadilhas e ciladas, tal como tocaia, jirau, juquiá, etc.

"Até rituais indígenas ligados à arte venatória sobreviveram, deformados, secularizados, algumas vezes despidos de sua significação primitiva" (p. 69). Os primeiros povoadores também recorreram à "botica da natureza", hábito já praticado com êxito pelos jesuítas, os quais souberam, antes de ninguém, "escolher, entre os remédios dos índios, o que parecesse melhor, mais conforme à ciência e à superstição do tempo", aproveitando- se largamente da fauna e flora indígena para a fabricação de mezinhas.

"Mas só a larga e contínua experiência, obtida à custa de um insistente peregrinar por territórios imensos, exposição constante a moléstias raras, a ataques de feras, vinditas do gentio inimigo, longe do socorro dos físicos, dos barbeiros sangradores ou das donas curandeiras, é que permitiria ampliar substancialmente e organizar essa farmacopéia rústica. 'Remédios de paulistas', é como se chamavam em todo o Brasil colonial as receitas tiradas da flora e também da fauna dos nossos sertões" (p. 88).

Diga-se, finalmente, que vários "aspectos de nossa medicina rústica e caseira dificilmente se poderiam filiar, seja a tradições européias, seja a hábitos indígenas. Aspectos surgidos mais provavelmente das próprias circunstâncias que presidiram ao amálgama desses hábitos e tradições. A soma de elementos tão díspares gerou muitas vezes produtos imprevistos e que em vão procuraríamos na cultura dos invasores ou na dos vários grupos indígenas. Tão extensa e complexa foi a reunião desses elementos, que nenhum dos aspectos da arte de curar, tal como a praticam ainda hoje os sertanejos, é puramente indígena (...) ou puramente europeu" (p. 91).

"Não é improvável que um critério a que se pode chamar analógico, derivado da tendência para procurar entre os produtos da terra elementos já conhecidos no Velho Mundo, tenha contribuído de certo modo para a criação da medicina sertaneja. E esse critério terá valido na seleção de drogas, como também de amuletos (...)" (p. 91).

" (...) Para a mentalidade de muitos de nossos roceiros de hoje têm aplicação terapêutica ou servem de amuletos, praticamente, todas as partes do corpo dos animais que não possam servir para a alimentação ou manufatura de couros: os chifres, os dentes, as unhas, os ossos, os cascos, as couraças, as gorduras... Há indícios de que mais de um desses medicamentos já seriam utilizados pelo gentio antes de qualquer contato com os adventícios" (p. 92). Também "(...) devem-se incluir as fórmulas mágicas de que ainda faz uso o sertanejo, aos patuás atados ao pescoço, ora em orações, que pronuncia em horas de perigo. Na maioria dos casos, essas rezas não se diferençam essencialmente dos simples amuletos, destinados a evitar indiscriminadamente qualquer moléstia ou malefício." (p. 101).

"Um simples patuá (...) torna-se, com grande freqüência, móvel e inspirador dos atos mais temerários. Na algibeira de um mamaluco paulista, morto em 1638 (...) encontrou-se um papel que trazia estes dizeres: 'Quem me traz consigo não morrerá no fragor das batalhas nem expirará sem confessar-se e irá para o céu'. O uso de amuletos dessa ordem conserva-se, ainda em nossos dias, sobretudo nas paragens sertanejas e incultas. As fórmulas mágicas que encerram deverão agir sobre seu portador, protegendo-o, ora diretamente sobre o inimigo, amolecendo-o ou desarmando-o." E o autor cita "a oração de S. Marcos que chegou a alcançar terrível celebridade em algumas regiões do sul de S. Paulo." (p. 103).

"(...) Vinda do reino, a crença no poder mágico da palavra falada ou escrita encontrou, entre nós, condições adequadas para ganhar terreno. É de notar que os próprios índios já se serviam, a seu modo, de fórmulas de encantamento, invocações ou rezas, em que certas combinações de palavras pronunciadas de certa maneira e repetidas determinado número de vezes podem livrar de qualquer perigo a quem as recite devotamente. Algumas vezes chega a surpreender, nas que Koch-Grünberg coligiu em suas expedições ao extremo norte da Amazônia, a similitude que apresentam com as orações e ensalmos caboclos." O autor cita o discurso, acompanhado de trejeitos, que certas tribos de gentios recitam quando desejam amansar seu pior inimigo (p. 103-34).

E Sérgio Buarque conclui esse capítulo com uma observação que certamente explica características do chamado catolicismo popular brasileiro: "Na forma, no conteúdo, na intenção, tais os pontos de contato existentes entre essas e certas orações mágicas largamente conhecidas dos sertanejos, como a de São Marcos ou a de Santa Clara (...) que é lícito perguntar se não haveria aqui, mais do que mera coincidência, o resultado de uma interação assídua de crendices importadas e práticas indígenas" (p.104).

As mesmas crendices e medicinas indígenas e européias percorrem o capítulo 7, "Frechas, Feras, Febres", usadas para se protegerem de acidentes reais terríveis, flechas envenenadas, onças, as serpentes venenosas temidas entre todos, perigo real e milenar símbolo, passando pelos rasteiros bichos-de-pé – que levou a hábitos de higiene salvadores –, carrapatos, a devastadora malária. Fala de curandeiros homens, os únicos que podem enfrentar venenos de cobras, e das habituais, mas sempre obrigatoriamente idosas curandeiras.

Completando a primeira parte, o livro aborda a introdução do uso dos muares, a passagem "do peão ao tropeiro" e as "frotas de comércio", que, através da navegação fluvial efetuada pelas "monções", consolidaram "a posse plena e tranqüila" dos territórios desbravados, graças, entre outros, à adaptação aos métodos indígenas.

A segunda parte aborda o processo de tradição e transição na utilização de técnicas rurais, fala dos trigais de São Paulo, da civilização do milho e da utilização do monjolo e do arado.

A terceira examina o desuso de técnicas adventícias e o declínio da indústria caseira, entre elas a tecelagem de redes.

De modo geral, a este mestre-livro, indispensável a uma aprendizagem de Brasil, cuja "matéria consiste em suma", diz o autor, "em avaliar a diluição e recuperação do legado ancestral europeu", poderia se aplicar a sua observação a propósito da incorporação recíproca de processos de cura e crendices: se muitos usos indígenas foram diretamente aproveitados, "são dignos de interesse, por outro lado, os processos de racionalização e assimilação a que o europeu sujeitou muitos de tais elementos, dando-lhes novos significados e novo encadeamento lógico, mais em harmonia com seus sentimentos e seus padrões de conduta tradicionais" (p. 92).

E abordo outro mestre-livro, que trata de outros caminhos, aqueles que traçaram o imaginário europeu antes de chegar à rudeza concreta do penoso desbravar do que se acreditou ser o Paraíso Terreal e suas doçuras.

Visão do Paraíso

Uma visão das maravilhas que precede as descobertas do Novo Mundo, reforçada pelo modo como os invasores reinterpretaram ou traduziram, a seu modo, o que eles acreditavam que os naturais da terra lhes haviam contado, e confirmava que o Novo Mundo não é como o paraíso. Ele é o paraíso.

Visão do Paraíso: um livro de perder o fôlego. Uma vertiginosa viagem, sustentada por estonteante erudição, de monstros bizarros a ilhas afortunadas, de amazonas intrépidas a lagoas douradas e morros resplandecentes, acompanha expedições de celtas de São Brandão a sua ilha de Brasil, das façanhas dos livros de cavalaria a fontes da juventude, ouro e prata a mancheias, sortilégios do Oriente, inalcançáveis esmeraldas, como é inalcançável, mas tão promissoramente vizinho o Paraíso Terreal, seus rios, seus jardins das delícias.

A conduzir a viagem, texto soberbo, difícil, que avança, recua, duvida, afirma, sugere, enaltece, se justifica, já que "o exagero é o companheiro da surpresa" (*C.F.*, p. 40).

Frases em meandros que não querem deixar escapar a menor sinuosidade do real ou do maravilhoso, audaciosa navegação que leva o leitor, cheio de espanto e gáudio, a mergulhar, voltar à tona, se deixar levar, acompanhar coroadas expectativas de atingir o perdido Paraíso Terrestre de uns, desencanto de outros.

Neste, como em geral nos livros de Sérgio, observações ou formulações inesperadamente iluminadoras na sua fusão de contrastes. "Imaginação sedentária", "imaginação ascética", "a fome, companheira constante da aventura", "realismo desenganado", ou "represado", "um deslumbramento apaziguado", sem esquecer a célebre afirmação em *Raízes do Brasil*: "Somos, ainda hoje, uns desterrados em nossa terra". Como Cláudio Manuel da Costa, que "se sente na própria pátria um peregrino" (*Cap. Hist. Col.*, p. 227).

Desde a abertura do livro, o autor chama a atenção sobre atitudes contrastantes na ocupação do Novo Mundo, entre os conquistadores espanhóis das "Índias de Castela" e os lusitanos, já experientes em longas navegações no Mar Oceano e o assíduo trato das terras e gentes estranhas.

Se "o gosto da maravilha e dos mistérios, quase inseparável da literatura de viagens na era dos grandes descobrimentos marítimos", era atitude comum entre povos navegadores e impulsionou as atividades dos conquistadores das Índias de Castela, tal não se deu nos escritos quinhentistas dos portugueses sobre o Novo Mundo. Nem se assombraram tanto por aqui os primeiros povoadores, cujo senso prático pudemos ver em *Caminhos e Fronteiras*.

"E o próprio sonho de riquezas fabulosas, que no resto do hemisfério há de guiar tantas vezes os passos do conquistador europeu, é em seu caso constantemente cerceado por uma noção mais nítida, porventura das limitações humanas e terrenas" (p. 1).

"Muito mais do que as especulações ou os desvairados sonhos é a experiência imediata o que tende a reger a noção do mundo desses escritores e marinheiros, e é quase como se as coisas só existissem verdadeiramente a partir dela. A experiência 'madre das coisas, nos desengana e de toda dúvida nos tira', assim falou um deles [Duarte Pacheco Pereira em *Esmeraldo de Situ Orbis*] nos primeiros anos do século XVI" (p. 5).

"Mesmo se sucedia capitularem momentaneamente ao pendor para o fabuloso, é quase sempre na experiência 'madre das coisas' que vemos fiarem-se os marinheiros e exploradores portugueses da época: os olhos que enxergam, as mãos que tateiam, hão de mostrar-lhes constantemente a primeira e a última palavra do saber" (p. 1).

E todo o livro se constrói, alicerçado em espantosa e fascinante erudição, descrevendo maravilhas e mistérios do Novo Mundo, de "fantásticas riquezas e de maravilhosas delícias" (p. 161), que incluem a "longevidade dos naturais e a salubridade da terra" (p. 293), a "singular temperança do clima sem os extremos de frio ou mesmo de calor" (p. 293), temas esses que já se haviam tornado motivos clássicos mais ou menos "convencionalizados" (p. 293).

Mas, se há que se observar atitude cautelosa no "realismo descansado" dos portugueses diante desses prodígios, isto não significa que muitos, aqueles, inclusive, que uma longa residência nestas partes permitisse retificar opiniões tão lisonjeiras, não compartilhassem delas. Foi o caso de Pero de Magalhães Gandavo em sua *História da Província de Santa Cruz* e no seu *Tratado da Terra do Brasil*. "Mas a estrita obediência a um esquema fixo e tradicional, não impede Gandavo de mostrar-se muitas vezes observador imparcial e clarividente. Em escritos como os seus, que já puderam ser considerados uma espécie de 'propaganda de imigração', não falta mesmo algumdado mais próprio para afugentar do que para atrair forasteiros, como o que trata de um 'vento da terra', sumamente perigoso e doentio, que 'se acerta ficar alguns dias, morre muita gente, assim portugueses como índios', e isso justamente na página onde se gaba a insigne bondade de uma região onde os velhos ganham vida longa e como que renovada" (p. 294). Sua fidelidade ao velho esquema das visões edênicas "não deixa de ser, ainda assim, uma visão corrigida e muitas vezes atenuada até os limites do plausível. Nisto inscreve-se Gandavo numa tendência geral entre os cronistas e viajantes portugueses que descreveram o Brasil quinhentista" (p. 295).

Deve-se dizer que, no que diz respeito às "Índias de Castela", a realidade respondera aos devaneios míticos. "Já ao primeiro contato das novas terras descobertas, tiveram os navegantes de Castela a clara revelação de um mundo de milagres e portentos, em que não menos se saciava uma desmesurada cobiça do que uma piedade intransigente e zelosa. Mas o que naquele primeiro momento podia parecer desvario ou fábula, o tempo, a seu modo, se incumbira de transformar em realidade tangível: magnífica realidade, e quase sobrenatural, pois que assim deveriam parecer aqueles infindáveis tesouros que abarrotavam tantos e tantos galeões e nunca se esgotavam. E que, segundo já o profetizara Colombo, servia assim à ambição dos conquistadores como à devoção dos príncipes, armando a estes últimos para a luta contra o infiel e o herege."

"Ao lado daqueles reinos de magia, o Brasil português, tão parco, aparentemente, em minas e especiarias preciosas, oferece um contraste humilhante. O escasso préstimo das suas terras, antes sugerido por Vespúcio e quase pelo escrivão Caminha, já transparece, por exemplo, das inscrições do mapa-múndi de Diogo Ribeiro, composto em 1529. Enquanto ali se diz da Nova Espanha que tem 'muito ouro de nascimento'; de Castela de Ouro que tirou seu nome do abundantíssimo metal precioso que nela se cria; do Peru, ainda antes da conquista, que tem prata e ouro; do Rio de Solis que, segundo se crê, 'ay oro y plata en la tierra adentro', equipara-se o Brasil, se tanto, àquela 'terra dos bacalhaus', onde 'hasta aora no se an allado cosa de provecho, mas de la pescaria de bacallaos, ~q son de poca estima'." (p. 100).

"(...) Não se dirá que é sem proveito essa América lusitana pois além do açúcar dá o ouro minguado dos cascalhos de São Paulo ou Paranaguá. Atrativos que, unidos ao fácil acesso pelos seus portos, situados à beira do Atlântico, têm mesmo por onde estimular, cada vez mais, apetites de forasteiros. No entanto, com todas essas fazendas e com o que pode render aos colonos e à Coroa, é, ao cabo, uma paisagem rasteira, sem generosas perspectivas e rutilâncias o que nela se oferecem ou por não ter mais para oferecer ou por se julgarem bem pagos, com esse pouco, os seus colonos, sempre adventícios no país, quase sempre aferrados às fraldas do mar, com um pé aqui e outro no Reino, pois todos esperam de se ir algum dia e tudo o que colhem é para lá. Assim são esses portugueses em sua América, onde por muito tempo ainda se limitarão 'a arranhar as costas como caranguejos' sem se alargarem sertão adentro mais de dez léguas" (p. 101).

Mas, quando o farão, muito lhes servirão aquelas características enfatizadas por Sérgio Buarque, e que examinou com tanta acuidade em *Caminhos e Fronteiras*.

Voltando a citar *Visão do Paraíso*: "Ainda que fossem muitas vezes sensíveis à atração da fantasia e do milagre, é principalmente o imediato, o cotidiano, que recebem todos os cuidados e atenções desses portugueses do Quinhentos. O trato das terras e coisas estranhas, se não uma natural aquiescência e, por isso, uma quase indiferença ao que discrepa do usual, parecem ter provocado certa apatia da imaginação, de sorte que para eles até o incomum parece fazer-se prontamente familiar, e os monstros exóticos logo entram na rotina diária. Não estaria aqui o segredo da facilidade extrema com que se adaptam a climas, países e raças diferentes?" (p. 101).

"Seria andar muito depressa, porém, querer deduzir de tudo isso que os portugueses do Brasil, ainda os mais aferrados ao concreto e ao cotidiano, praticassem, em geral, uma perfeita ascese da imaginação" (p. 142).

"Seria, em verdade, um retrato bem pouco fiel e até um retrato às avessas o que procurasse apresentar esses portugueses como insensíveis ao apelo do mistério. Ou que pretendessem discernir na relativa sobriedade com que se comportam (...) ante o espetáculo natural da terra, no seu contentar-se freqüentemente com o evidente, o imediato ou o utilizável, uma congênita apatia. Não é, ao contrário, dos seus traços mais constantes, justamente um fundo emotivo extremamente rico e que, por isso, mal atinge aquele mínimo de isenção necessário para poder objetivar-se nas representações fantásticas ou nas criações miríficas, que vêm, por assim dizer, de um deslumbramento apaziguado?"

"(...) O abandono à simples emoção, sem derivativo para as especulações ou os desvarios, transparece insistentemente, e já de início, dos escritos de todos os cronistas lusitanos. O próprio Pero Lopes de Sousa (Diário da Navegação...), escrevendo, embora na linguagem descolorida que compete a um jornal de bordo, renuncia por momentos a seu laconismo habitual para desmanchar-se em acentos mais cálidos (...). E parece raro que os *loci amoeni* literários, derivados comumente de velhos motivos edênicos, venham a sobrepujar, no deslumbramento desses navegantes, a expressão de uma sensibilidade mais direta ao espetáculo real" (p. 143).

E a argúcia, a sensibilidade, a erudição do autor ainda trazem à luz outra característica desta particular construção luso-brasileira, acoplada à fantasia comedida dos primeiros povoadores do Brasil: "(...) característico ainda desse realismo sóbrio e desenganado que parece predominar entre os mesmos autores com relação aos remotos senhorios da Coroa lusitana e particularmente ao Brasil, é seu papel apagado no desenvolvimento da tendência que se alastra aos poucos no Velho Mundo (...) para a idealização do índio americano". Implantou-se no século XVI a "idealização dos povos primitivos, por obra, sobretudo de alguns autores franceses como Montaigne, inspirados, por sua vez, nas relações sobre os indígenas da França Antártica, levadas por viajantes, especialmente por Jean de Léry" (p. 298 e nota 28, na mesma página).

Uma tendência que haveria de se desenvolver "nas teorias da 'bondade natural', no mito do bom e nobre selvagem" (p. 298). "A exaltação do antigo natural da terra só há de surgir, verdadeiramente, entre autores de língua portuguesa, e já então por efeito de influências estranhas e eruditas, no Brasil do século XVIII. De uma época em que, tendo cessado de corresponder para a maioria daqueles autores a uma realidade atual, o índio já estava apto, por isso, a converter-se em uma idealidade e em um símbolo de que se hão de valer depois os luso-brasileiros para se oporem aos portugueses da Europa" (p. 303).

E como é impossível dar conta de todos os prodígios e revelações deste livro, suspendo aqui esta tentativa de transmitir a vocês, apoiada em muitas citações, uma idéia aproximada da grandeza, do fascínio, da acuidade , da poesia desta *Visão de Paraíso.*

Mas, antes de concluir, devo ainda lembrar que não se pode separar o historiador renomado do crítico e historiador da literatura. Não há como esquecer que até 1956, ano em que foi designado para professor de História da Civilização Brasileira na Universidade de São Paulo, para cujo concurso de cátedra apresentou em 1958 *Visão do Paraíso*, Sérgio Buarque foi crítico literário atuante na imprensa do Rio e de São Paulo, e publicara já em 1953 uma até hoje preciosa *Antologia dos Poetas Brasileiros da Fase Colonial.*

Dois livros indispensáveis marcam essa fase: *Cobra de Vidro*, que recolhe artigos de 1940-41, e parte de outros publicados até 1951. Entre eles, um belo estudo sobre João Cabral de Melo Neto, *Branco sobre Branco*, e, ampliado na sua segunda edição, um ensaio sobre Manuel Bandeira.

E, completando essa recolha de artigos avulsos, *Tentativas de Mitologia,* com ênfase em literatura colonial; livro onde após uma introdução que mostra seu pleno conhecimento das tendências críticas então vigentes, o *new criticism* em particular, Sérgio Buarque segue seu muito peculiar e abrangente método, "livre como tudo o que fez", como diz Antonio Candido. Um método que se expande em *Capítulos de Literatura Colonial*, título dado a um conjunto de originais inéditos, organizados e apresentados por Antonio Candido em 1991.

Aqui se conjugam com o maior refinamento, lastreados pelo vertiginoso saber sempre a abrir novos campos, o que o levou à inédita comprovação da "presença dos escritores da Itália no cerne da nossa literatura colonial", o faro e a infinita paciência do historiador em pesquisar arquivos, em desencavar, deslindar, relacionar documentos e a sensibilidade, o apuro, o fino ouvido do crítico literário.

Destaque-se o alentado e quase completo estudo sobre Cláudio Manuel da Costa, o poeta "apurado e rústico ao mesmo tempo", aquele "que se sente na própria pátria peregrino". Dilacerado entre "o contraste entre o espetáculo da rudeza americana e a lembrança dos cenários europeus", que conhecera, estudante em Coimbra, de onde regressou a Vila Rica de Ouro Preto "já imbuído das tendências literárias inspiradas no 'bom gosto nascente'" (p. 227).

"Não há nada", diz Antonio Candido na sua introdução, "mais profundo e original na crítica brasileira [do que] o extraordinário capítulo sobre Cláudio" (p. 22).

E é ainda de Antonio Candido que empresto a citação final para falar de nosso homenageado. Diz ele, a propósito desta obra póstuma:

"Este material é de grande interesse e talvez não seja exagerado dizer que muitas das análises e observações nele contidas são as mais sólidas e brilhantes, as mais eruditas e imaginosas jamais feitas no Brasil sobre o assunto. Ainda depois de morto Sérgio Buarque de Holanda mostra a vastidão de seu saber, a precisão do seu juízo e a originalidade dos seus pontos de vista, comprovando que havia nele um grande crítico ao lado do grande historiador, um dos maiores do século".

REFERÊNCIAS BIBLIOGRÁFICAS

Caminhos e Fronteiras. Rio de Janeiro, José Olímpio, 1957. Coleção Documentos Brasileiros n° 89.

Visão do Paraíso. São Paulo, Cia. Editora Nacional, 1977. Coleção Brasiliana, vol. 333. 3ª edição.

Capítulos de Literatura Colonial; organização e introdução de Antonio Candido. São Paulo, Brasiliense, 1991.

Holanda, Sérgio Buarque de. *Caminhos* e *Fronteiras*.
Rio de Janeiro: José Olímpio, 1957. (Coleção Documentos Brasileiros, v. 89).

Cia. Editora Nacional, 1977. (Coleção Brasiliana, v. 333).

Colonial - Organização e introdução de Antonio Candido. São Paulo, Brasiliense, 1991.

SÉRGIO BUARQUE, MEU MESTRE

Suely Robles Reis de Queiroz

O título que encima estas linhas faz pensar naquelas evocações emocionadas e carinhosas, muito comuns na literatura e, principalmente, nos livros escolares, nas quais alguém relembra, saudoso, o professor que o impressionou por sua humanidade e que, ao mesmo tempo, lhe guiou os primeiros passos nas trilhas do conhecimento, que lhe imprimiu valores e princípios, que lhe apontou novos caminhos...

Em Sérgio Buarque de Holanda todas essas características que mesclam o mestre ao ser humano estão indissociavelmente ligadas e para os que o conheceram ou foram seus alunos, como nós, a releitura de seus livros, a par da admiração pelas qualidades intelectuais que todos reconhecem, traz imediatamente à tona sua figura alegre, sua personalidade, o prazer generoso de ouvir, a curiosidade intensa, o gesto amigo...

Por isso, minhas palavras serão, antes de tudo, um depoimento sobre lembranças: sempre prazerosas no caso presente, mas difíceis de transmitir. E por quê? Porque reminiscências dependem muito do talento do narrador para fazê-las vivas e conseguir que quem as ouve ou lê perceba o que diz Antonio Candido, um dos amigos mais chegados de Sérgio Buarque: para quem ele foi "uma dessas grandes personalidades da geração de 22, um tipo que infelizmente está acabando no Brasil".

Além disso, as evocações costumam destacar traços marcantes do evocado, mas o destaque também obedece à psicologia e às características pessoais de quem o faz. Desse modo, há traços que são revividos porque impressionaram muito o depoente, enquanto outros, talvez até mais importantes, podem ficar na obscuridade.

De qualquer forma, todos os que conheceram Dr. Sérgio, pois era assim que o chamávamos, concordam com o retrato de um homem alegre, extrovertido, brincalhão, irreverente, generoso, informal, amigo, extremamente erudito.

Seu informalismo e a absoluta falta de pose surpreendiam muito os alunos que iam procurá-lo em casa, onde eram acolhidos com uma simplicidade que os deixava encantados e admirados pelo fato de um intelectual tão importante dispensar-lhes a mesma atenção que era dada à gente famosa com quem convivia, como Caio Prado Júnior, Paulo Mendes de Almeida, Vinicius de Moraes, Flávio de Carvalho e tantos outros.

Sua generosidade também se revelava constante e continuamente: no tempo que dispensava aos alunos e orientandos, no empréstimo dos livros que indicava e que achava imediatamente naquela famosa biblioteca, cuja aparência era caótica, mas que, certamente, guardava a ordem em que ele a tinha disposto mentalmente; revelava-se também na alegria com que saudava o sucesso de um amigo, de um ex-aluno, ou quando podia favorecer a publicação de um livro que julgava bom. No depoimento dado pouco antes de morrer a Richard Graham para a *Hispanic American Historical Review*, inquirido sobre a sua maior satisfação como historiador, respondeu que fora a de formar também historiadores: uma comovente gentileza para com seus ex-alunos e assistentes.

Informal, generoso, alegre, mas intransigente quanto à competência. Para ele, política universitária, amizades e saber não se misturavam: se necessitava de colaboradores para as coleções e trabalhos que dirigia, ia buscá-los apenas em função do conhecimento que tivessem sobre o assunto a ser tratado, jamais cedendo a injunções mesquinhas, de natureza pessoal ou política. Com ele, não havia, pois, o que nos meios intelectuais se convencionou chamar de "igrejinha".

Evidentemente, muitos traços e características de Dr. Sérgio eram intransferíveis, mas outros, como o informalismo, a aversão ao solene, a atitude de pautar-se pela competência de um colaborador em potencial e não por outras circunstâncias, todos nós, seus ex-alunos, procuramos assimilar e, assim, também nesse aspecto ele foi um grande mestre.

Gostava de gente e vivia cercado dela, porque quem não sente prazer em estar junto de uma pessoa alegre, brincalhona, irreverente sem mordacidade ou amargura, dotada de prodigiosa memória, capaz de continuamente evocar casos interessantes ou engraçados, ocorridos consigo mesmo ou com os outros?! Por isso, a casa da rua Buri estava sempre cheia e, na Universidade, nunca se via sozinho.

No tempo em que os concursos acadêmicos exigiam beca, era divertido vê-lo passeando pelos corredores da faculdade e concedendo bênçãos como se fosse um bispo, pois sabia que com aquelas vestes ficava parecido com um deles. Essa era também uma forma de anular o formalismo daquelas ocasiões e de mostrar a irreverência que sempre o acompanhou e que o fazia, por exemplo, cantar o *Hino à Bandeira* com a letra de *Amélia*, a música popular composta por Mário Lago, ou deliciar-se com os versos em latim de *Sassaricando,* outra música popular e carnavalesca.

Entre os objetos de nossa admiração estava a sua famosa erudição, sobre a qual já tanto se falou, mas que eu gostaria de ressaltar ainda uma vez. Essa erudição permitia-lhe passear com desenvoltura por territórios os mais variados, transitando pela literatura, por exemplo, da Arcádia ao Barroco; pela Antropologia, através dos comentários que fez sobre Oliveira Vianna; pela História, da época colonial brasileira à República, com a mesma segurança entrevista nas comparações e referências feitas à história e historiografia inglesa, francesa, norte-americana...

Uma erudição que transparece com nitidez, tanto em sua obra histórica quanto na de crítica literária. Em relação a esta última, ao dizer que, "para explicar um texto curto de 14 versos, ele mobiliza toda a civilização do Ocidente", Antonio Candido exprime com felicidade a vastidão daquele saber tão admirado.

É que Dr. Sérgio não admitia ver uma palavra, expressão ou fato do passado ou presente sem ir buscar-lhe a explicação total, desse o trabalho que desse. Entrevistado certa vez por um jornalista, relembrou a fala de Nabuco de Araújo, na qual o pai de Joaquim Nabuco mencionava os "homens de gravata lavada", querendo, com isso, referir-se ao segmento rico da sociedade. Não se contentando em rememorar a expressão, fez questão de explicar ao entrevistador que ela derivava do uso na época - década de 60 do século XIX - de gravatas de seda ou linho, obrigatoriamente brancas, "com colarinho alto, um nó triplo bastante saliente enfeitando o peito e forçando a pessoa a uma posição altiva". Ante o calor do Rio de Janeiro e a sua situação urbanística, devido à qual, para se chegar ao Senado, por exemplo, era preciso atravessar o Campo de Santana, onde o capim muitas vezes escondia charcos e os burros transitavam soltos, empoeirando ou enlameando o chão, o consumo diário de gravatas chegava a cinco ou seis: "E naturalmente era preciso ter dinheiro para manter um grande estoque".

Essa erudição, que, evidentemente, não se limitava a pormenores de tal ordem e que o fazia transitar com tanta facilidade pelas mais diversas áreas do conhecimento, decorria – penso eu – de sua intensa curiosidade por tudo o que fosse tocado, construído, feito pelo ser humano ou se referisse a ele. Curiosidade que tanto o fazia o leitor insaciável que sempre foi desde os mais verdes anos da mocidade quanto o ouvinte interessado em todos os casos e em todas as "fofocas" que lhe contavam. Como dizem os familiares, não se impressionava muito com o espetáculo de uma palmeira balançando ao vento ou com o poente incendiando o horizonte, mas, quando se tratava de gente e de seus feitos, suas emoções, suas sagas, o interesse não conhecia limites.

Era como historiador que gostava de se ver, e a erudição revelada em toda a sua obra forneceu-nos um método, pois, nela, a descrição de fatos miúdos e esmiuçados até o esgotamento é articulada organicamente, de molde a recompor os quadros gerais da formação socioeconômica brasileira.

Essa história concreta, factual, mas casada com grandes interpretações que nela se alicerçam, resultou do valor que ele emprestava à pesquisa em fontes primárias. Dizia sempre que não há modelos a seguir em História e que esta deve evolver da documentação consultada. Temia, certamente, que seus alunos se desviassem da perspectiva histórica, uma preocupação que ganha força e justificativa quando se pensa nos modismos, na sedução exercida por atraentes modelos e construções tipológicas. Sua adoção sem cautela, impulsionada pela ambição de redesenhar os grandes conjuntos, momentos e processos, pode levar a generalizações e a abstrações indesejáveis.

Em todos nós procurou incutir tal cuidado e assim aprendemos a valorizar a garimpagem nas fontes, a procurar o fio da História em elementos aparentemente sem ligação entre si, a acautelarmo-nos contra os modismos, a manter a preocupação com a historicidade.

Dizia ele, como Benedetto Croce, que o historiador é presa fácil de seu tempo; que toda a história é história contemporânea e, que, conhecer a experiência nacional significa mergulhar no passado, não para prender-se a ele e, sim, para libertar-se dele. Se a História é mudança, movimento, transformação, o passado como simples espetáculo não interessa: ele deve ser o terreno fértil de "onde brota o autoconhecimento de um povo, o espelho límpido e polido onde as gerações atuais aprendem muito mais sobre si próprias do que se forem buscar-se na efemeridade de sua circunstância".

Por isso, mergulhou no passado e, como "presa fácil de seu tempo", tanto no primeiro livro quanto no último tratou da história política do país.

Raízes do Brasil foi concebido na época em que o mundo vivia o complexo clima de entre guerras e assistia-se à ascensão da direita, com Mussolini na Itália e Hitler na Alemanha. O nazismo seduzia as massas e entrava em choque com democratas e comunistas. Já o livro *Do Império à República*, publicado em 1972, seria escrito durante aqueles anos de chumbo iniciados com o golpe de 1964 e acentuados com a edição do Ato Institucional número 5.

A publicação de ambos foi uma das várias formas encontradas por Sérgio Buarque para resistir às ditaduras que proliferavam, mostrando nos dois o conservadorismo que sempre dominou as elites brasileiras, denunciando e criticando as heranças autoritárias da política nacional.

Sobre *Raízes do Brasil*, que é um ensaio, mas já permite entrever o vasto suporte documental amealhado até então, ele mesmo diria que seu objetivo básico fora o de mostrar "que nunca houve democracia no Brasil e que necessitávamos de uma revolução vertical que realmente implicasse a participação das camadas populares. Nunca uma revolução de superfície como foram todas as da História do Brasil..."

No livro *Do Império à República*, que finalizou o período monárquico da coleção *História Geral da Civilização Brasileira*, organizada e dirigida por ele, a tônica também é a análise da tradição brasileira de resistência às mudanças, revelando um conservadorismo entre as elites que torna difícil o caminho para a democracia.

Sérgio Buarque insistia em que era preciso estudar mais e mais os militares e, no entanto, ninguém o fez tão bem quanto ele. No capítulo intitulado "A fronda pretoriana", que é um dos pontos altos do livro citado, a análise sobre o advento dos militares na política é primorosa. Historiando a situação, sobretudo do Exército durante o Império, trata, entre outros, de um aspecto peculiar no comportamento castrense brasileiro: o do antagonismo em relação aos civis, tantas vezes testemunhado por quem viveu os períodos em que a farda se impôs na vida política nacional.

As raízes dessa atitude, que afasta desdenhosamente para o campo oposto qualquer cidadão não-militar e revela forte consciência de uma identidade própria, foram admiravelmente detectadas pelo historiador. Sua análise apontou os elementos fundamentais para se entender melhor a conduta militar no período da República: o ímpeto purificador de Floriano, por exemplo; os anseios de regeneração republicana do tenentismo; a explosão moralista de 1964, sobretudo no que toca à responsabilização dos civis pela corrupção e subversão.

Ao terminar esta rememoração, cabe ainda destacar um aspecto da função de professor universitário que, dado o seu conhecimento e erudição, a familiaridade com os arquivos e bibliotecas, o gosto pela pesquisa, Dr. Sérgio cumpriu admiravelmente: a de sugerir temas para livros e teses acadêmicas.

No meu caso, sempre foi o inspirador. Mesmo depois de sua morte, a lembrança do que nos dizia sobre a necessidade de se pesquisarem os militares mais intensamente é que me fez escolher um grupo deles como tema de tese.

Por tudo isso, para mim – e penso que também para os demais ex-assistentes –, ele foi e continua sendo um mestre, o meu mestre. Relembrá-lo é reviver momentos de uma convivência privilegiada, rica, alegre, com quem foi – para citar mais uma vez Antonio Candido – "a mais completa organização de historiador que o Brasil conhece, capaz de modular os temas e circular pelos territórios mais variados, demonstrando em cada um deles conhecimento de especialista..."

SÉRGIO BUARQUE DE HOLANDA - O PROFESSOR

José Sebastião Witter

De quando em quando sou estimulado a escrever sobre o meu Mestre Sérgio Buarque de Holanda. Foi ele uma das figuras marcantes do século XX no Brasil. Posso afirmar que é incomparável na historiografia brasileira. Não estou afirmando que seja superior a tantas outras notáveis figuras do nosso universo intelectual; estou apenas salientando que a sua personalidade e o seu estilo o fizeram diferente.

Maria Odila Silva Dias, uma de suas discípulas, escreveu sobre o historiador: "Erudito, de temperamento boêmio, foi um homem de rara vitalidade, extremamente sociável, dedicado aos amigos, intelectual inquieto, participante da vida política e trabalhador incansável". Sérgio era tudo isso e muito mais. Foi, acima de tudo, um professor e forjador de pesquisadores.

Escrevo, agora, praticamente centrado num depoimento que virou artigo, publicado numa edição organizada por Arlinda Rocha Nogueira, com o título "Sérgio Buarque de Holanda – Vida e Obra", e editada sob os auspícios da Secretaria de Estado da Cultura e Universidade de São Paulo, em 1988.

Aos meus escritos de então, quero acrescentar, como abertura, que o grande professor e Mestre que foi e continua sendo Sérgio Buarque de Holanda deixou uma contribuição intelectual notável. Não cabe aqui nem a enumeração pura e simples de toda a sua produção intelectual e menos ainda tentar uma síntese de sua bibliografia. Quero, porém, lembrar de *Raízes do Brasil* (com *n* reedições), *Monções, Caminhos e Fronteiras, Visão do Paraíso, Cobra de vidro*... Dentre tudo o que Sérgio escreveu quero salientar a importância de *Raízes do Brasil*. Antonio Candido, em notável prefácio às últimas reedições, destaca *Raízes do Brasil* como obra indispensável por ser formadora de pensamentos. Enfatiza que *Raízes do Brasil*, *Casa Grande & Senzala*, de Gilberto Freyre, e *Formação do Brasil Contemporâneo*, de Caio Prado Jr., foram obras que o acompanharam em sua juventude e na maturidade. Todas elas escritas na década de 1930. Sérgio muito jovem.

Este "sempre jovem" Sérgio Buarque de Holanda tocou profundamente todos nós, estudantes e professores (seus assistentes ou não), quando de nossa formação na Maria Antônia, e depois na Cidade Universitária da USP. E nestas lembranças, reavivadas neste novo escrever, trago, um pouco, as marcas indeléveis que forjou neste seu "eterno assistente/aprendiz".

Sérgio Buarque de Holanda começou a me marcar como professor quando o vi dando sua aula e defendendo sua tese de cátedra na rua Maria Antônia, no Salão Nobre, completamente lotado, durante o seu concurso de catedrático. Mais tarde, seria seu aluno no curso de graduação e acabaria por senti-lo um professor diferente.

Nada tinha do tradicional professor, de aulas bem preparadas e organizadas em fichas, seguindo métodos pedagógicos vigentes na época. Era o oposto de tudo quanto tinha aprendido na minha formação de professor primário. Isso começou por me encantar, embora, em certos momentos, sentisse muito a ausência de um método bem estruturado e até pensasse em criticar o "desajeitado" naquele professor, que tanto divagava, dificultando-me acompanhar a sua linha de pensamento. A sua forma de dar aulas era a *sua forma*, e quando se aprendia, e isso não custava muito, como tratar com essa sua maneira de ensinar, então... Ele divagava, divagava sempre... Buscava cuidadosamente a melhor palavra para criar a melhor imagem para o que desejava transmitir. Gostava de criar enquanto transmitia a sua erudição para aqueles que realmente queriam acompanhar seu curso. Não era fácil, principalmente para alunos como eu, com falhas gritantes de formação na escola secundária, e numa escola secundária boa, porém do interior... Acompanhar Sérgio nem sempre era fácil. Perdia-se, e quantas vezes, "o fio da meada" e para reencontrá-lo era necessário o esforço despendido nas "longas noites universitárias", quando os grupos de estudo, espontaneamente formados, procuravam nos apontamentos de sala de aula as linhas mestras do pensamento do professor e a partir delas buscavam na bibliografia sempre correspondente, por ele citada, aquilo que faltava. Com isso se estudava e aprendia... Sérgio era, no entanto, sempre um Professor... Dentro da sala de aula, nos corredores da Maria Antônia, nas escadarias do prédio da Velha Reitoria da USP ou no moderno edifício da Geografia e História – subindo ou descendo a rampa – ele estava sempre atendendo alguém, ouvindo, falando, ironizando, mas sempre ensinando. Foi pelo menos para mim, um mestre. Também não deixava de sê-lo naquela saudosa sala de estar da rua Buri, onde, sentado no seu sofá predileto, passava horas e horas a nos falar sobre seus temas preferidos da História, abrindo caminhos para nossas pesquisas. Não deixava nunca de mostrar também que para ser professor não é necessário ser sisudo, triste ou amargurado. É bom ser professor e ser alegre, cantar, rir, e ironizar com a sabedoria dos que amadurecem sem envelhecer... Nunca senti Sérgio Buarque de Holanda velho. A sua vitalidade e a sua vontade de fazer, o trabalhador incansável de que fala Maria Odila, o traziam para a vida, fortaleciam sua vontade e, ao mesmo tempo, nos ensinavam que viver era bom e viver bem era muito melhor... Era um crítico, sempre com o pé na realidade, mas não era um pessimista... Acreditava sempre em mudanças, mudanças para melhor... Não só dizia ou pregava contra as injustiças, mas participava da vida lutando contra elas. Quanto nos ensinou somente por suas atitudes e suas posições, nem sempre coerentes, mas inquestionavelmente honestas e corajosas! Sérgio não se omitia e por isso era realmente um homem que ensinava... Nunca foi o "dono da verdade". Sempre mostrava o quanto é importante que se duvide, que se questione, que se privilegie o benefício da dúvida...

Foi um dos primeiros professores a me chamar a atenção para a necessidade de "fazer falar" os que não têm voz. No prefácio da obra de Thomaz Davatz, *Memórias de um Colono no Brasil (1850),* diz: "... Para estudar o passado de um povo, de uma instituição, de uma classe não basta aceitar ao pé da letra tudo quanto nos deixou a simples tradição escrita. É preciso fazer falar a multidão imensa dos figurantes mudos que enchem o panorama da história e são muitas vezes mais interessantes e mais importantes do que os outros, os que apenas escrevem história..." Traduzindo e introduzindo Davatz aos leitores brasileiros fez um dos imigrantes falar sobre sua condição de colono numa nova terra, tão diferente daquela com que sonhava... Falando e escrevendo, Sérgio sempre ensinava...

Fazendo o curso de pós-graduação e depois seguindo sua orientação para escrever a monografia de mestrado e a tese de doutoramento, já seguindo a carreira universitária e sendo professor do Departamento de História e um de seus assistentes (com que orgulho e vaidade digo, ou melhor, escrevo isto, pois, então, a gente era convidado a participar de um grupo que tinha o catedrático como líder, e ser liderado e orientado por Sérgio era motivo de vaidade para qualquer um, além de um privilégio...). E Sérgio também como catedrático foi Professor. Não era o Catedrático, mas sim o coordenador de estudos de História do Brasil, com o poder autêntico dos que lideram porque conquistava e não se impunha por sua posição hierárquica. Era verdadeiramente um defensor da liberdade e permitia a todos nós e a cada um de nós exercer o papel de professor seguindo a orientação geral por ele oferecida, da melhor forma que se dispusesse exercê-la, acompanhando o seu modelo ou sendo totalmente diferente ou até o oposto do que era na sala de aula. Em entrevista a Richard Graham, Sérgio afirmou que uma de suas alegrias tinha sido a de ter criado um grupo de historiadores (os seus antigos assistentes), que cada um a seu modo seguira um caminho diferente, mas todos estavam ocupando posições seguras dentro da vida universitária ou fora dela. Quem permitiu isso senão o professor Sérgio Buarque de Holanda?

É importante ressaltar o interesse do professor Sérgio pelas pesquisas em Arquivos. Ele sempre salientava a importância de se buscar o documento como elemento de comprovação de nossas teses, e sempre que eles contradissessem aquilo que julgávamos inicialmente verdadeiro deveríamos ter a flexibilidade e a humildade de retomar os caminhos percorridos e até mesmo refazer trabalhos inteiros para que não se moldasse a História à "fôrma das hipóteses" e sim se "forjasse o trabalho" no corpo-a- corpo da pesquisa. Aí também foi, como sempre, professor, porque não só dizia da importância dos Arquivos, mas freqüentava-os. Em São Paulo, no Rio de Janeiro, em Cuiabá, no exterior, onde sua intuição e o seu conhecimento sugerissem a busca documental de apoio aos seus temas, para lá ele iria, sempre trazendo novidades e com elas mudando os rumos na nossa historiografia. Mas, se eu enveredasse pelo campo da História que ele nos ensina, através de seus livros, não pararia de falar (ou melhor de escrever) sobre o *meu Professor* Sérgio Buarque de Holanda... Que saudade!

Como salientei no início destas ponderações sobre Sérgio, muito daquilo que aqui está, de certa forma, com pequenos acréscimos e algumas mudanças, nada significativas, no seu conjunto, já foi divulgado em outros artigos, entrevistas e depoimentos, feitos por mim, durante a data que marcou o centenário do nascimento deste homem inesquecível. Talvez valesse acrescentar, ou repetir simplesmente, que ele também foi um Mestre ao reunir pessoas para trabalhar em livros sob sua orientação e coordenação. Cito duas obras que marcaram época: *Os Grandes Personagens da História do Brasil* e *História Geral da Civilização Brasileira*, que foi continuada por Boris Fausto, como organizador. Sérgio, na História Geral, escreveu um livro não só marcante, mas emulador, que é o *Do Império à República*. Este seria um capítulo e acabou por se constituir em um livro de valor inestimável.

Feitos estes comentários, não posso deixar de me referir ao doutor ou professor (cada um de seus alunos e admiradores o tratava de uma forma) Sérgio Buarque de Holanda com o carinho de quem deve a ele toda a sua formação acadêmica. Mais que isso, deve a ele o cuidado com o que escreve, embora nem sempre faça, como o Mestre, algumas releituras de suas crônicas, que saem até sem revisão. E, cada vez que a revisão não é bem-feita e os erros aparecem, como que sinto a presença de meu professor me chamando a atenção. A presença dele em minha vida é uma constante e continuo a ouvi-lo a cada nova leitura de suas obras, em especial *Raízes do Brasil*, um verdadeiro marco da historiografia e da Literatura Brasileira, e um referencial em meu viver.

E, para terminar, um pouco mais da sabedoria de Sérgio Buarque de Holanda: “Os livros me deram o sentido da história. São a vida em comprimidos”.

SÉRGIO BUARQUE DE HOLANDA E O INSTITUTO DE ESTUDOS BRASILEIROS

Marta Rossetti Batista

Há 40 anos, Sérgio Buarque de Holanda, então catedrático de História da Civilização Brasileira na Faculdade de Filosofia, Ciências e Letras da USP, idealizou e fundou o Instituto de Estudos Brasileiros, visando suprir carências e limitações que via no desenvolvimento do ensino e da pesquisa nos cursos de História do Brasil na Universidade. Entre seus principais objetivos destacavam-se: 1. propiciar o encontro e os trabalhos conjuntos de professores e pesquisadores de várias áreas do conhecimento relativas à história e cultura brasileiras, dispersos em setores e unidades da USP; 2. abrigar estudiosos que pudessem desenvolver pesquisas permanentes e de longa duração; 3. desenvolver um centro interdisciplinar também capaz de armazenar e processar acervos preciosos, coletando, preservando e organizando fontes primárias para os estudos brasileiros, colocando-os a serviço da pesquisa. E o IEB permaneceu fiel a estes objetivos iniciais que motivaram sua criação em 1962.

O Interdisciplinar

O encontro e a troca de experiências entre as várias áreas dedicadas aos estudos brasileiros, desejados por Sérgio Buarque de Holanda, caracterizaram-se duplamente, no nível da direção e no trabalho interno.

O Conselho Diretor proposto compunha-se de professores titulares de cadeiras de unidades da USP que se dedicavam aos estudos brasileiros. Com as transformações da Universidade, passou a ser integrado por professores eleitos por departamentos de quatro faculdades. Atualmente, com os novos Regimentos da USP e do Instituto de Estudos Brasileiros (IEB), definido como instituto especializado, órgão de integração, apoiando o ensino, a pesquisa e a extensão universitária, é regido por um Conselho Deliberativo paritário, com docentes e funcionários da própria instituição, ao lado de professores vindos de seis unidades afins, eleitos por suas Congregações. São consideradas suas unidades afins: Escola de Comunicações e Artes (ECA), Faculdade de Arquitetura e Urbanismo (FAU), Faculdade de Direito (FD), Faculdade de Economia e Administração (FEA), Faculdade de Educação (FE) e Faculdade de Filosofia, Letras e Ciências Humanas (FFLCH), todas da USP. É presidido por um diretor, docente da USP, eleito pelo Conselho Deliberativo.

O trabalho interdisciplinar, nem sempre fácil, por contrariar a tendência da especialização, revela-se ainda na área interna, no dia-a-dia dos docentes, pesquisadores e técnicos especializados, gerando troca de conhecimentos e metodologias inerentes aos vários campos. Entre os exemplos, basta lembrar os estudos em torno do modernismo, reunindo as áreas de História, Literatura, Artes Plásticas e Música. Ou, na questão da organização e exploração dos acervos, o confronto da metodologia de catalogação de diferentes materiais, que mobilizou arquivistas, bibliotecários, museólogos, com a participação de professores da Instituição, para realizar o *ABC do IEB, Guia Geral do Acervo*, publicado em 1997.

A Pesquisa de Longa Duração

Desde o início, o IEB dedicou-se à pesquisa de longa duração, contando em caráter permanente com corpo próprio de docentes/pesquisadores, todos em tempo integral a partir dos concursos de 1968/69. Vinham de várias áreas, como História, Literatura, Artes Plásticas, Geografia, Antropologia e Música e desenvolveram, por anos a fio, seus trabalhos, individuais ou interdisciplinares, marcando o Instituto como um centro de referência para algumas áreas e linhas de pesquisa, entre elas: modernismo, imigração, edições críticas e fidedignas.

Explorando fontes primárias aqui armazenadas e auxiliando em sua classificação, tornaram a interação pesquisa/acervos um trabalho distintivo do IEB, formando equipes de pesquisadores, da iniciação à pós-graduação, que hoje se espalham por outros centros brasileiros. O estudo acurado dos acervos propiciou o desenvolvimento de métodos e técnicas de pesquisa e de campos pouco explorados no Brasil, tais como: arquivologia, paleografia, documentação museológica e colecionismo, o estudo de periódicos e obras raras e, mais recentemente, manuscritologia e crítica genética. A ligação com os acervos tem permitido ainda a elaboração de instrumentos de pesquisa confiáveis, difundindo entre outros estudiosos as possibilidades oferecidas pelas fontes armazenadas no IEB.

Os docentes atuais do Instituto integram as áreas de História, Literatura, Artes Plásticas e Música e transmitem o conhecimento gerado através de publicações, exposições e outros meios, e através do ensino: seja o informal, no trabalho de formação de equipes de pesquisadores, seja nos cursos interdisciplinares ou nas disciplinas de graduação oferecidas às Unidades da USP. Destacam-se, no Instituto, o Curso de Especialização em Arquivos, que tem capacitado profissionais espalhados pelo país, e um sonho postergado: a criação do Curso de Pós-Graduação em Cultura e Civilização Brasileiras.

A Reunião de Fontes Primárias

Em seus 40 anos de existência, o IEB reuniu, organizou e coloca à disposição dos estudiosos fontes primárias únicas e de destaque para o desenvolvimento dos estudos brasileiros. A formação deste precioso acervo, conforme as aspirações de Sérgio Buarque de Holanda, iniciou-se na própria fundação do Instituto, em 1962, quando a USP adquiriu para o IEB a "brasiliana" de Yan de Almeida Prado, com 10 mil volumes, incluindo obras raras ou de difícil acesso da época colonial, álbuns de viajantes, coleções de revistas brasileiras dos séculos XIX e XX. A ela se acrescentou outra importante "brasiliana", a de Alberto Lamego, transferida da FFLCH em 1968.

A este primeiro impulso, dedicado a acervos formados por historiadores, seguiu-se a chegada de acervos de escritores, entre os quais os de Mário de Andrade (1968), Guimarães Rosa (1973) e

Graciliano Ramos (1980 e 1994), com seus arquivos pessoais, ricos em anotações e manuscritos, recorte e fotografias. O acervo Mário de Andrade – hoje patrimônio nacional, tombado pelo IPHAN –, com 17 mil volumes, milhares de documentos e importantes obras de arte, motivou, com o tempo, a formação dos órgãos internos do IEB, dedicados aos acervos: o Arquivo, a Biblioteca e a Coleção de Artes Visuais, que armazenam, catalogam e abrem à consulta os diferentes materiais sob sua guarda. Deve-se lembrar que cada acervo é estudado e preservado na íntegra.

Um terceiro grupo de acervos passou a integrar o IEB: com o prestígio de sua atuação inicial, também artistas e intelectuais de outras procedências, por suas mãos ou de seus familiares, doaram à instituição seus acervos pessoais. Entre eles encontram-se os do educador Fernando de Azevedo (1970), o do poeta e crítico Theon Spanudis (1987), o da artista plástica Anita Malfatti (1989), o do geógrafo Pierre Monbeig (1990), o da museóloga Waldisa Russio (1992), os dos músicos Camargo Guarniere (2000) e Francisco Mignone (2001), ou o de Caio Prado, adquirido recentemente pela USP (2001). Assim, também quanto ao acervo reunido, nota-se a vocação interdisciplinar do Instituto.

São mais de 30 acervos pessoais, ao lado dos quais se encontram ainda importantes coleções, pequenas compras e doações e material resultante de pesquisa. Assim, pode-se dizer que o acervo do IEB, hoje estimado em cerca de 120 mil volumes, 300 mil documentos e 2.500 objetos e obras de arte, caracteriza-se sobretudo como um conjunto de acervos particulares, formados por personalidades que se dedicaram, nos diversos campos do conhecimento, a preservar e estudar a história e a cultura brasileiras, ou, com sua produção, a desenvolver ou transformar o panorama cultural de nossa terra. A importância do conjunto e os cuidados do IEB em sua guarda, processamento e divulgação foram reconhecidos pelo Instituto do Patrimônio Histórico e Artístico Nacional (Iphan), que lhe concedeu, em 1995, o Prêmio Rodrigo Melo Franco de Andrade, na categoria Preservação de Acervos Culturais Móveis e Imóveis.

O IEB aos 40 Anos

Centro de pesquisa e documentação voltado para os estudos brasileiros, fiel aos objetivos de seu idealizador, como vimos, o Instituto de Estudos Brasileiros da USP, em seu quadragésimo aniversário, encontra-se no limiar de nova fase.

Dentro da Universidade, superou alguns pontos de estrangulamento que prejudicavam sua trajetória. Com os Regimentos da USP e, em 1996, do IEB, não só consolida a estrutura já existente em torno do binômio pesquisa/acervos, definindo órgãos coordenadores das duas áreas, mas sobretudo possui um lugar regulamentado na estrutura da Universidade, como órgão de integração com as Unidades de ensino, da mesma forma que os demais institutos especializados e museus da USP. Pôde, assim, iniciar a reorganização de seu corpo docente: abrir concursos de ingresso e, pela primeira vez, realizar concurso para titular da própria instituição. Após muitos anos, agora torna-se possível renovar seu quadro de docentes/pesquisadores.

Sérgio Buarque de Holanda aprovaria a trajetória e a realidade atual do Instituto que imaginou e que considerava uma de suas realizações mais importantes?

A meu ver, o IEB não realizou todas as suas potencialidades – em grande parte pela exigüidade de seu quadro docente e técnico. Entretanto, considero o balanço positivo em muitos aspectos, tanto pelo que já realizou quanto pelo exemplo em que se tornou. Pelo que fez, no campo da pesquisa e formação de quadros, na preservação de acervos e no desenvolvimento de técnicas correlatas, no serviço a outros estudiosos através de cursos, publicações, exposições. Pelo exemplo, servindo como fermento, irradiando um modo de trabalho, formando novos pesquisadores e capacitando técnicos, hoje espalhados pelo Brasil. Por seu pioneirismo, serviu ainda como exemplo de um irmão mais velho no estabelecimento ou ampliação de várias instituições congêneres – como os arquivos do IEB da Unicamp, o Museu de Literatura da Casa de Rui Barbosa, o CPDOC, ou o Instituto Moreira Salles –, que hoje, felizmente, também se dedicam a preservar acervos pessoais, muitas vezes com foco mais restrito e direcionado que o IEB, salvando-os da dispersão e contribuindo para o melhor conhecimento e o desenvolvimento dos estudos brasileiros.

SÉRGIO BUARQUE DE HOLANDA INTELECTUAL DO BRASIL

João Ricardo de Castro Caldeira

Nascido na cidade de São Paulo em 1902, Sérgio Buarque de Holanda integra a constelação dos maiores artistas e intelectuais brasileiros vindos ao mundo entre as décadas finais do século XIX e os anos iniciais do século XX. Da referida constelação fazem parte, por exemplo, Mário de Andrade, Heitor Villa-Lobos, Cândido Portinari, Gilberto Freyre, Humberto Mauro, Rubens Borba de Moraes, Manuel Bandeira, Caio Prado Júnior, Tarsila do Amaral, Rodrigo Mello Franco de Andrade, Fernando de Azevedo, Carlos Drummond de Andrade, Oscar Niemeyer, Graciliano Ramos, Cecília Meireles, Lúcio Costa, Anísio Teixeira.

Identificáveis pela realização de atividades em que a presença de conteúdos humanistas é largamente evidenciável, essas personalidades, como é bastante sabido, produziram obras nas quais as paisagens natural e social do Brasil, bem como outros aspectos do país, se encontram abordadas segundo a perspectiva de engajamento político-ideológico que visava à superação das enormes desigualdades vigorantes na sociedade brasileira. Noutros termos, entre os fatores que os caracterizaram, apresentaram-se eles como o grupo de intelectuais brasileiros que mais se empenhou na politização da cultura no país. E, ainda sob esse aspecto, podem eles ser considerados um dos mais fortes e influentes grupos de nossa *intelligentsia* que conseguiram aliar eficientemente a atividade intelectual à militância política.

Participante desse grupo e com ele identificado como um dos seus representantes eminentes, Sérgio Buarque de Holanda foi brilhante como crítico literário, ensaísta, historiador, professor, humanista e, sobretudo, amigo dos seus amigos[1].

Como crítico literário, Sérgio Buarque se inclui entre os principais analistas da produção poética e ficcional brasileira, em especial pela capacidade de abordar as obras dela integrantes avaliando-lhes, ao mesmo tempo, a estética e os conteúdos. Ao assim proceder, Sérgio Buarque se mostra liberado da adoção de quaisquer normas rígidas em suas análises. Nessa atividade – por meio da qual analisou muito da poesia e da literatura brasileira do período colonial ao movimento modernista –, Sérgio iniciou-se cedo, quando, aos 18 anos, publica seu primeiro artigo no *Correio Paulistano*, em 22 de abril de 1920, e prossegue colaborando com poucas interrupções noutros jornais e em periódicos vinculados ao Modernismo, como *Klaxon*, por exemplo.

Por desejar expor o mais livremente possível suas idéias, na companhia do grande amigo Prudente de Moraes, neto, em 1924, edita a revista *Estética*, que teve somente três números publicados, mas que contém muitas das indicações de seu pensamento a respeito das características e tendências assumidas pela cultura brasileira naquela conjuntura. Naquela época, em que o agrarismo e a mentalidade dele decorrente eram dominantes no Brasil, Sérgio Buarque já apontava, de modo pioneiro, para a presença forte das "questões urbanas desvinculadas das classes dominantes", em romances como os de Lima Barreto e Oswald de Andrade, conforme revela estudioso de sua obra[2].

Diversos são os acontecimentos relacionados à vida e à obra de Sérgio Buarque de Holanda tornados do conhecimento mais ou menos geral. Entre eles, adquiriram relevância, por exemplo, suas atividades políticas, marcadas pela coerência em toda a sua trajetória, dado que, da juventude à velhice, sempre esteve ligado a movimentos e partidos empenhados em lutas contra quaisquer formas de opressão, via pela qual, entre outras, deixou transparecer as dimensões do seu humanismo.

---

[1] Entre os diversos testemunhos referentes ao modo de manifestar reciprocidade à amizade de Sérgio, veja-se artigo de Manuel Bandeira, publicado em *O Jornal*, do Rio de Janeiro, de 24 de janeiro de 1931, e reproduzido no livro *Raízes de Sérgio Buarque de Holanda*, organizado por Francisco de Assis Barbosa. Cf. ASSIS BARBOSA, 1989, p. 291-293.

[2] ARNONI PRADO, 1998, p. 75.

Nos últimos tempos dessa trajetória, adquiriu notoriedade sua participação na criação e filiação ao Partido dos Trabalhadores, o PT, em 1980.

Além de sua atividade política, entre as que se tornaram bastante conhecidas inclui-se a referente à sua presença em Berlim, nos anos de 1929 e 1930, onde manteve contatos com intelectuais do porte de Thomas Mann e outros, mas, sobretudo, interessou-se pela sociologia e historiografia alemãs. Desse interesse, brotaram as idéias embrionárias para a redação de *Raízes do Brasil* – inicialmente intitulado *Corpo e Alma do Brasil*, denominação que reflete o conhecido modo de conduzir suas reflexões para a articulação dialética entre o movimento das idéias e a realidade concreta, presente em sua obra.

Conforme diversos analistas dos seus trabalhos têm ressaltado, o pensamento de Sérgio Buarque é marcado por perceptível continuidade. Ou seja, têm eles deixado evidente que, tanto nas obras de juventude como da maturidade, Sérgio sempre mostrou oposição à conservação do atraso social e cultural, bem como à ausência da democracia no país, fatores marginalizadores das nossas classes populares.

Ainda no que diz respeito à sua produção intelectual, cabe destacar que, ao longo de toda a sua trajetória, Sérgio Buarque conserva a criatividade de ensaísta, chegando a ponto de literatizar a escrita propriamente científica, quando passa a dedicar-se ao desenvolvimento desta última. Noutros termos, Sérgio Buarque jamais deixou de ser o grande intelectual que conseguiu combinar, em si, o literato e o cientista. Humanista de extrema originalidade, conciliou a alta literatura com o pensamento científico mais rigoroso. Em suas obras percebe-se a recorrência simultânea à criação livre – própria do ensaísmo – e ao rigor metodológico característico da análise científica, conforme transparece nos seus livros e artigos voltados para a compreensão da realidade brasileira e que constituem leitura fundamental a todos os interessados no entendimento da nossa sociedade.

Efetivamente, no campo da produção intelectual brasileira da década de 1930, o ano de 1936 é marcado pelo aparecimento de uma obra-chave para o nosso auto-conhecimento. Trata-se de *Raízes do Brasil*, de autoria de Sérgio Buarque. "Livro curto, discreto, de poucas citações (...) o seu êxito de qualidade foi imediato e ele se tornou um clássico de nascença", conforme escreveu Antonio Candido em prefácio que, como é sabido, incorporou-se a essa obra, reconhecendo-se difícil publicá-la sem ele.

Intelectual cujos livros e artigos sempre sobressaem para o leitor como resultado de pesquisa profunda e rigorosa – em que o estilo de escrita e a elevada erudição são de altíssimo nível –, Sérgio Buarque nos aparece como um profundo conhecedor da vida e da alma dos brasileiros. Ou seja, à sua percepção não escaparam: a combinação dos fatores determinantes para a nossa formação histórica, social e cultural (*Raízes do Brasil*); a penetração para o *hinterland* pela via fluvial (*Monções*); a eficiência das técnicas rústicas resultantes do intercâmbio entre populações indígenas e interioranas aplicadas na realização de tarefas do meio rural (*Caminhos e Fronteiras*); o complexo mitológico criado para explicar o nascimento do Brasil (*Visão do Paraíso*); as regras políticas do jogo do poder no Segundo Império (*Do Império à República*, sétimo volume da *História Geral da Civilização Brasileira*) e, finalmente, o estudo do barroco e da produção literária do período colonial brasileiro (*Capítulos de Literatura Colonial*, edição póstuma organizada por Antonio Candido).

Nessas obras, impressionam a diversidade dos temas estudados e a persistente indicação da necessidade de modernização – por ele entendida como superação das tradições ibéricas –, e democratização do país – compreendida esta última como promoção da participação efetiva das classes populares na construção do seu destino e do Brasil.

Por outro lado, Sérgio Buarque passou a maior parte de sua vida em importantes instituições científicas e culturais do Brasil, instaladas no Rio de Janeiro e em São Paulo.

No Rio, foi professor, juntamente com Henri Hauser, da cadeira de História Moderna e Econômica, e com Henri Tronchon da cadeira de Literatura Comparada, no grande empreendimento intelectual que foi a Universidade do Distrito Federal, criada por Anísio Teixeira, e que teve duração efêmera, pois existiu apenas de 1935 a 1939. Entre 1944 e 1946, dirigiu a Divisão de Consulta da Biblioteca Nacional, onde certamente estudou obras vinculadas à nossa formação, bem como analisou documentos de grande relevância para o conhecimento do Brasil.

Ao se transferir para a capital paulista, atua como professor na Escola Livre de Sociologia e Política de São Paulo, aí se aproximando dos eminentes antropólogos de origem alemã Emilio Willems e Herbert Baldus. Sua maior afinidade com Baldus deveu-se sobretudo ao interesse, comum a ambos, pelas culturas indígenas. Efetivamente, em seus primeiros trabalhos de cunho marcadamente historiográfico, Sérgio Buarque concedeu ênfase ao estudo das tecnologias dos índios empregadas na confecção de objetos de caça, pesca e de navegação, com destaque para a interação entre nativos e adventícios no processo de ocupação do sertão brasileiro no período colonial; seu livro *Monções*

(1945), os artigos "A expansão paulista do século XVI e começo do século XVII" (1948) e "Índios e mamelucos na expansão paulista" (1949), bem como seu livro *Caminhos e Fronteiras* (1957), refletem o interesse de Sérgio Buarque pelo conhecimento desses temas. Ao elaborar essas obras, ele contribuiu de forma decisiva para a renovação da historiografia brasileira, por abordar assuntos até então inexplorados pelos historiadores do país. Isso implicou também a introdução de inovação metodológica, pela aproximação da historiografia com outros campos do conhecimento, notadamente a antropologia, a etnologia e a etnografia.

Concomitantemente à sua atuação na Escola de Sociologia e Política, também dirigia o Museu Paulista, onde contou com a colaboração de Herbert Baldus na Seção de Etnologia. Apreciando-se a produção do Museu no período em que nele atuou como seu diretor, observa-se a ênfase por ele dada às pesquisas etnológicas. No caso da principal publicação dessa instituição, a *Revista do Museu Paulista*, Sérgio Buarque lhe deu novos rumos, sobretudo através da edição de teses defendidas na USP, entre as quais ressaltam-se *A Moda no Século XIX*, de Gilda de Mello e Souza (posteriormente publicada com o título de *O Espírito das Roupas*, pela Companhia das Letras, São Paulo, 1987), e *A Função Social da Guerra na Sociedade Tupinambá*, de Florestan Fernandes, republicada com o mesmo título em 1970 pela Editora Pioneira. Ao proceder desse modo, Sérgio Buarque transformou aquele periódico num dos principais veículos de divulgação da produção acadêmica brasileira, antecipando-se ao surgimento de uma imprensa universitária no país.

Duas datas são de enorme importância para a produção intelectual de Sérgio Buarque e para a cultura brasileira: 1936, como já se viu, corresponde ao ano de aparecimento de *Raízes do Brasil*; 1958, do seu lado, à publicação de *Visão do Paraíso*. Efetivamente, neste último ano, Sérgio Buarque ingressa por concurso na USP, na cátedra de História da Civilização Brasileira, com a tese *Visão do Paraíso*, de imediato tornada uma das maiores obras clássicas da historiografia brasileira do século XX, na qual se encontra abordado tema inteiramente original através da recorrência a erudição até então muito pouco presente em qualquer produto da nossa historiografia.

Pouco tempo depois da sua entrada na USP, Sérgio Buarque – bastante conhecido por sua aversão à burocracia, solenidades, enfim, a quaisquer formalidades – foi eleito à sua revelia para a Academia Paulista de Letras, para ocupar a vaga do seu grande amigo, o historiador Affonso d'Escragnolle Taunay. Entre os intelectuais paulistas (e também de outros pontos do Brasil) repercutiu bastante o seu discurso de posse, pronunciado no dia 25 de abril de 1961, no qual incluiu análise das mais originais sobre *Os Sertões*, de Euclides da Cunha, patrono da cadeira assumida por ele naquela Academia. Essa é uma das peças de Sérgio Buarque lamentavelmente pouco conhecidas e que está a necessitar de maior divulgação.

No que se refere à sua atuação na USP, sem dúvida alguma pelas inovações que introduz na cátedra de História da Civilização Brasileira, Sérgio Buarque se torna o principal modernizador da historiografia do país a partir da existência do sistema universitário brasileiro, cuja instalação foi iniciada na década de 1930. Senão, vejamos: pouco depois de assumir a referida cátedra, Sérgio Buarque empreende a organização da *História Geral da Civilização Brasileira* (inaugurada em 1960). Nessa obra, ele deixa explicitar que a elaboração de uma História Geral do Brasil não poderia mais resultar de empreendimento individual ou isolado. Para tanto, recorreu à *multidisciplinaridade* – método que se caracteriza pela abordagem de um objeto por várias disciplinas sem a necessária integração entre elas –, observável nos volumes dessa coleção, a qual foi construída com a colaboração dos mais diversos especialistas em assuntos específicos e importantes da nossa História.

Ao lado da realização desse empreendimento, estimulou o desenvolvimento de pesquisas sobre os mais diversos temas dos períodos colonial, imperial e republicano da História brasileira, do que resultaram teses acadêmicas importantes, como, por exemplo, *O Fardo do Homem Branco*, de Maria Odila Leite da Silva Dias; *A Revolução de 1930*, de Boris Fausto; *A Lavoura Canavieira em São Paulo*, de Maria Theresa Schorer Petrone; *Ibicaba, uma Experiência Pioneira*, de José Sebastião Witter; e *Escravidão Negra em São Paulo*, de Suely Robles Reis de Queiroz, entre outras.

Em todas as atividades desenvolvidas por Sérgio Buarque na USP, sempre predominaram dois propósitos: o de formar professores e pesquisadores qualificados para o ensino e a investigação da História do Brasil, e o de introduzir a perspectiva multidisciplinar nos estudos daquela História na Universidade.

O primeiro daqueles objetivos é ressaltado por seus próprios discípulos, que, em diversas ocasiões – por escrito ou oralmente –, tiveram oportunidade de discorrer sobre a grande importância que Sérgio Buarque conferia à atividade docente, sempre pronto a sugerir temas para investigação, indicar e emprestar livros, atender os alunos dentro e fora da sala de aula, ensinando o tempo todo. Isto porque Sérgio

Buarque não era um professor tradicional, apegado a métodos pedagógicos convencionais. Ensinava da maneira mais livre e informal, embora ao mesmo tempo erudita e rigorosa[3].

Cabe destacar que, ao buscar contribuir para a formação de novos pesquisadores de História do Brasil, Sérgio Buarque não nutria o propósito de criar *escola*. Interessava-se sobretudo pela pluralidade de temas e perspectivas. Orientou seus discípulos para dar-lhes independência intelectual, e não para aprisioná-los a diretrizes metodológicas fixas e predeterminadas ou modelos teóricos preestabelecidos.

Finalmente, entre as atividades desenvolvidas por Sérgio Buarque com vistas à modernização da cátedra de História da Civilização Brasileira na USP, inclui-se a criação e instalação do Instituto de Estudos Brasileiros (IEB), em 1962. Indagado pelo historiador e brasilianista norte-americano Richard Graham sobre qual teria sido sua mais importante realização na USP, Sérgio lhe deu a seguinte resposta: "Bem, eu fundei o Instituto de Estudos Brasileiros no começo dos anos 60"[4].

O reconhecimento da importância do IEB no plano internacional pode ser constatado nas afirmações de alguns eminentes professores estrangeiros. Assim, por exemplo, para o historiador francês Frédéric Mauro, o IEB *"joue admirablement son rôle comme centre d'échanges culturels, de recherche et d'études brésiliennes. (...) Il n'existe pas d'équivalent au Brésil"*; para Richard Graham, *"the IEB has established an internacional reputation for its interdisciplinary focus, the seriousness of the research carried out under its auspices, the importance of its library, and the value of its publications"*; o conhecido brasilianista norte-americano Thomas Skidmore afirmou, a respeito do IEB: *"I regard your Institute as being of enormous importance for the study of Brazil. Your publications and research facilities are an essential resource for anyone studying Brazil"*[5].

Para Sérgio Buarque, o IEB deveria ter por finalidade principal desenvolver e ampliar, na Universidade, a abordagem científica dos mais

---

[3] Os depoimentos de alguns de seus alunos, bem como de amigos, integram o livro *Sérgio Buarque de Holanda: Vida e Obra*, editado em homenagem à sua memória. Cf. *Sérgio Buarque de Holanda: Vida e Obra*, 1988.

[4] GRAHAM, 1987, p. 105.

[5] Frédéric Mauro: "[o IEB] desempenha admiravelmente seu papel como centro de intercâmbios culturais, de pesquisa e de estudos brasileiros. (...) Não existe equivalente no Brasil"; Richard Graham: "O IEB conquistou reputação internacional por seu enfoque interdisciplinar, pela seriedade das pesquisas desenvolvidas sob seu patrocínio, pela importância de sua biblioteca e pelo valor de suas publicações"; Thomas Skidmore: "Considero seu Instituto de enorme importância para o estudo do Brasil. Suas publicações e facilidades de pesquisa constituem recursos essenciais para todos que se dedicam a estudar o Brasil". Traduções minhas. Citações extraídas do volume *Pronunciamento de Professores, Brasilianistas e Escritores Estrangeiros e Brasileiros sobre o Instituto de Estudos Brasileiros – USP*, publicação do IEB, sem data, p. 7, 20 e 21, respectivamente.

diversos aspectos da sociedade brasileira. Para tanto, foi esse órgão por ele projetado como um *area studies center* (pioneiro no seu gênero no Brasil). Em decorrência dessa orientação, o IEB agrega formidável *biblioteca* de renome internacional, constituída por obras referentes ao Brasil, bem como *arquivo* composto de acervos de personalidades importantes da cultura brasileira, como Fernando de Azevedo, Mário de Andrade, Anita Malfatti, Guimarães Rosa, Graciliano Ramos, Pierre Monbeig, Caio Prado Júnior. No caso de Mário de Andrade, além do seu arquivo pessoal e biblioteca, o Instituto abriga a sua famosa coleção de artes visuais, cujo conjunto terminou por conferir ao IEB também o caráter de museu de artes plásticas. Em síntese, por conter esses conjuntos de obras, o IEB expandiu-se e tornou-se, ao mesmo tempo, uma biblioteca, um arquivo e um museu de artes plásticas especializados em temas brasileiros. E mais: por aliar à guarda desses acervos a realização de atividades diversas (cursos, exposições, seminários, conferências, pesquisas, publicações, etc.) voltadas para o estudo do Brasil, pode-se atribuir ao IEB a condição de principal brasiliana universitária do país, dado seu caráter simultaneamente complexo, dinâmico e multimidiático[6].

Conforme é bastante sabido, Sérgio Buarque de Holanda presenciou e desenvolveu reflexões sobre os mais importantes acontecimentos políticos e culturais do século XX no Brasil. Sua posição diante desses acontecimentos tornou-o, conseqüentemente, uma das lideranças intelectuais mais prestigiadas do nosso país.

Procurou-se, ao longo deste escrito, formular considerações para situar Sérgio Buarque de Holanda no cenário da cultura e do pensamento brasileiros do século XX. Dado que, como homem e intelectual, foi ele um dos mais extraordinários brasileiros que se conhece, e sobre o qual muito já se escreveu, espera-se que estas linhas tragam alguma contribuição para o aumento do conhecimento de sua personalidade e obra.

[6] Sobre esse Instituto, ver livro de minha autoria no qual se encontram ressaltados, entre outros aspectos, os objetivos e o empenho de Sérgio Buarque para a criação do mesmo. Cf. CALDEIRA, 2002.

REFERÊNCIAS BIBLIOGRÁFICAS

ARNONI PRADO, Antonio. *Raízes do Brasil e o Modernismo*. *In*: CANDIDO, Antonio (org.). *Sérgio Buarque de Holanda e o Brasil*. São Paulo: Editora da Fundação Perseu Abramo, 1998. p. 71-80.

ASSIS BARBOSA, Francisco de (org.). *Raízes de Sérgio Buarque de Holanda*. 2. ed. Rio de Janeiro: Rocco, 1989.

CALDEIRA, João Ricardo e Castro. *IEB: Origem e Significados. Uma Análise do Instituto de Estudos Brasileiros da Universidade de São Paulo*. São Paulo: Oficina do Livro Rubens Borba de Moraes/Imprensa Oficial-SP, 2002.

GRAHAM, Richard. Uma entrevista. *Revista do Brasil*. Rio de Janeiro: Prefeitura da Cidade/Rioarte-Fundação Rio, 6: 102-109, julho de 1987.

Pronunciamento de Professores, Brasilianistas e Escritores Estrangeiros e Brasileiros sobre o Instituto de Estudos Brasileiros – USP. São Paulo: IEB-USP, sem data.

Sérgio Buarque de Holanda: *Vida e Obra*. São Paulo: Instituto de Estudos Brasileiros da USP/Secretaria de Cultura e Arquivo Público do Estado de São Paulo, 1988.

RAÍZES DA CRÍTICA MODERNA EM SÉRGIO BUARQUE DE HOLANDA

Reynaldo Damazio

Quando lemos hoje, transcorrido mais de meio século, os ensaios de Sérgio Buarque de Holanda sobre Manuel Bandeira, Carlos Drummond de Andrade e João Cabral de Melo Neto – muitas vezes escritos no "calor da hora" de sua produção; ou sobre Franz Kafka, Marcel Proust e James Joyce – revelando o impacto e a modernidade dessas obras para a literatura e a cultura do século XX, ficamos impressionados com a atualidade e pertinência da reflexão. Isso para não falar dos estudos sobre a poesia do Arcadismo brasileiro, sobre estética, sobre a questão da mimese, ou ainda os artigos em que reavalia a crítica do momento sobre Machado de Assis e Lima Barreto, para demonstrar os aspectos originais destes autores para a prosa brasileira contemporânea. Não se trata de um espanto motivado apenas pela curiosidade histórica, pelo acerto nas avaliações e pela elegância estilística, mas pela argúcia e novidade na abordagem, além da ousadia no diálogo com o objeto literário, sem preconceitos teóricos ou pretensões teleológicas – vícios muito comuns na história da teoria literária e, especialmente, na crítica que era feita à época em que Sérgio Buarque de Holanda iniciou sua trajetória como intelectual.

Na virada do século XIX para o XX, vigorava no país uma crítica literária de forte conteúdo sociológico, biológico e histórico, voltada para os elementos exteriores da obra, que predeterminavam os meios de avaliação estética. Fruto de uma leitura de forte viés nacionalista, essa crítica buscava na literatura os reflexos do meio social, do momento histórico e da raça. Normalmente, a teoria sobre a literatura prevalecia sobre o texto literário, fosse ela calcada em características do classicismo beletrista, fosse nos fatores naturais, tais como o clima, o ambiente geográfico, a etnia e a mestiçagem. A referência da crítica literária brasileira recaía sobre autores por demais influenciados pela teoria *taineana*, pelo evolucionismo, ainda que articuladas de modo muitas vezes improvisado e enveredando pelo ecletismo. Nomes como Sílvio Romero, Araripe Jr. e José Veríssimo exerciam grande influência e atuavam na definição de um cânone da literatura nacional. A *História da Literatura Brasileira*, de Romero, é de 1888; o livro *Literatura Brasileira*, de Araripe Jr., de 1896; e a *História da Literatura Brasileira,* de Veríssimo, é publicada em 1916. Se por um lado esses críticos deram início ao que Alfredo Bosi chama de "paixão inteligente pelo homem brasileiro"[1], por outra parte estavam ainda presos à predeterminação teórica que resultou não somente em certas desproporções na avaliação como também os impedia de compreender as novas obras que surgiam. Cito como exemplo a supervalorização de Tobias Barreto e a rejeição a Machado de Assis, em Sílvio Romero; ou a dificuldade de José Veríssimo em aceitar o simbolista Cruz e Souza. Ainda que levando em conta as idiossincrasias de cada crítico – mais sociologizante em Romero; psicologizante em Araripe Jr.; ou retórica em Veríssimo –, no geral essa crítica procurava enquadrar as obras numa idéia de cultura nacional, forjada por elementos teóricos estrangeiros, adaptados aqui ao sabor dos interesses pessoais de cada crítico. Predominava o tom solene, a verborragia, a generalização, ficando os aspectos internos de estruturação do texto para segundo plano. Ainda segundo Bosi, era uma crítica mais voltada para os aspectos genéticos da literatura do que para os propriamente formalistas. Importava estabelecer uma linha evolutiva de formação da literatura nacional, que desse conta da fundação da nacionalidade. Em última instância, a literatura interessava como tentativa de explicação da história social, como retrato do tempo.

Como é sabido, desde seu primeiro texto, publicado aos 18 anos, Sérgio Buarque já demonstrava vivo interesse pela originalidade literária, questionando escritores brasileiros do período colonial e do Romantismo, consagrados pela crítica canônica e tidos como fundadores

---

[1] BOSI, Alfredo.
História Concisa da Literatura Brasileira. São Paulo: Cultrix, 1987.

da literatura nacional. Com ousadia, Sérgio Buarque reconhecia melhor resultado inventivo em autores latino-americanos, sob o processo de colonização espanhola. Sobre *A Prosopopéia*, de Bento Teixeira, afirmou ser "obra de pouco valor"; e de Basílio da Gama e Santa Rita Durão disse que "a pouca cultura literária" de ambos acabava por obliterar completamente a fatura de seus poemas[2]. Nesse mesmo ensaio, Sérgio dialoga com Sílvio Romero e José Veríssimo, reconhecendo com respeito suas contribuições para a história de nossa literatura, mas relativizando aqui e ali algumas de suas assertivas. A conclusão a que chega Sérgio Buarque é prospectiva, de que o país ainda lograria conquistar a originalidade, com "inspiração em assuntos nacionais, o respeito de nossas tradições e a submissão às vozes profundas da raça". Lidas com os olhos da época, essas palavras finais no artigo de Sérgio parecem ecoar os conteúdos da crítica que ele supostamente questionaria, mas devemos atentar para o caráter projetivo do argumento: a originalidade é posta no devir.

A aposta no novo foi uma constante na trajetória de Sérgio Buarque como crítico literário. No início de sua militância como articulista e resenhista cultural, nos anos 1920, identificou-se logo com os modernistas, com sua proposta renovadora das letras e das artes nacionais, em franca oposição ao Parnasianismo. A defesa do novo era sempre ancorada em duras alfinetadas ao rigor decorativo e vazio dos parnasianos, ao seu beletrismo de salão, à inadequação desta escola às mudanças vertiginosas trazidas pelo século que começava. Num texto publicado em *A Garoa*, em janeiro de 1922[3], Sérgio se pergunta quais seriam as características da nova era. Segundo ele, a primeira era "a completa abolição de todos os *parti pris*, de todos os preconceitos, de todas as convenções idiotas, de todas as regras sem razão de ser, é a completa liberdade do artista". A outra característica destacada pelo autor seria "a tendência para o idealismo, para o irreal, para o misterioso, o simbólico". Ainda que pese o tom entusiasta e algo panfletário da juventude, o texto faz uma defesa aberta das propostas estéticas renovadoras, aceitando os desafios que estas implicavam, e ataca sem meias palavras o enrijecimento da literatura sofrido sob o jugo do artificioso classicismo parnasiano. Ainda nesse breve artigo, Sérgio não se furta ao vaticínio: "Tudo faz supor que nosso século romperá com a rotina costumeira e inaugurará uma formidável

---

[2] "Originalidade Literária", *in* BARBOSA, Francisco de Assis (org.). *Raízes de Sérgio Buarque de Holanda*. Rio de Janeiro: Rocco, 1988.

[3] "...Il Faut des Barbares", *in* BOAVENTURA, Maria Eugenia (org.). *22 por 22: A Semana de Arte Moderna Vista pelos seus Contemporâneos*. São Paulo: Edusp, 2000.

tendência que fará da arte alguma coisa que não seja o eterno maria-vai-com-as-outras, das anteriores". No final, à moda dos autênticos manifestos vanguardistas, Sérgio conclama em tom quase apoteótico: "Surjam novos evangelhos, novas doutrinas, novas teorias, novas idéias, novas opiniões, novos artistas, novos profetas!".

Em outro artigo, publicado na revista *Fon-Fon*, em dezembro de 1921[4], Sérgio faria a defesa do chamado "futurismo paulista", com a seguinte afirmação: "Sob o ponto de vista artístico e sobretudo literário o século XIX, excetuados os últimos anos, os da reação simbolista, foi de uma esterilidade rara". Note-se que a crítica ao empobrecimento estético finissecular vem acompanhada de uma ressalva positiva ao movimento simbolista, justamente aquele que era considerado pelos críticos tradicionais como decadentista. Com verve e humor, o articulista procurava fazer uma distinção do chamado "futurismo paulista", expressão utilizada com certo sarcasmo pela imprensa da época, da matriz italiana de Marinetti. Na opinião do jovem Sérgio Buarque, não seria de todo reprovável "o erro de alguns que chamam futurista a toda tendência mais ou menos inovadora".

Como se pode notar nos artigos desse período, mesmo os ligeiros, o entusiasmo estava sempre apoiado em boa erudição, fruto de pesquisa constante e leituras vorazes. Hoje se tornaram até folclóricas as histórias que cercam o interesse bibliográfico desabalado de Sérgio Buarque de então, como bem ilustra a leitura em primeira mão do *Ulisses*, de James Joyce, na versão original que acabara de ser proibida nos Estados Unidos e na Inglaterra como obscena, graças ao empréstimo do amigo Paulo Prado, que trouxera o exemplar de uma viagem à Europa. A tradução de Antônio Houaiss para o português do romance só circularia entre nós em 1965, ou seja, mais de 40 anos depois.

A tentativa de compreensão do novo na literatura modernista levou Sérgio Buarque a praticar uma crítica também inovadora, que partia do texto, de suas articulações internas e da inserção tensa e provocante deste objeto literário na realidade. A mesma reivindicação de liberdade defendida para o artista valia para o crítico, que buscava estabelecer novos caminhos explicativos para as obras em gestação. A medida estava no equilíbrio daquilo que era original e particular à criação literária, por um lado, e, de outro, no alcance de seu enfrentamento com as questões propostas pelo momento histórico. Era uma leitura dialética que não menosprezava a forma e tampouco

---

[4] BARBOSA, Francisco de Assis. *Op cit.*

superdimensionava os fatores extrínsecos. Essa abordagem pioneira fora se delineando na prática cotidiana da imprensa, no calor das polêmicas, no ensaísmo inventivo de *Raízes do Brasil*, no confronto entre autores nacionais e estrangeiros (do presente e do passado), na pesquisa histórica, na tentativa de reconstrução de um passado que não estivesse engessado pelo viés ideológico. O texto literário é sempre o ponto de partida na crítica de Sérgio Buarque, e não a teoria.

Para alguém que se considerava "um 'bissexto' da crítica, sem mais obrigações e responsabilidades do que escrever em horas vagas sobre livros que ocasionalmente" o interessavam[5], Sérgio Buarque deixou um legado valioso para a compreensão da literatura contemporânea, não apenas do Brasil. Sem a preocupação de estabelecer um método, praticou uma reflexão penetrante sobre as dimensões diacrônicas e sincrônicas do fenômeno literário, revelando nos detalhes muitas vezes desprezados pela crítica tradicional a grandeza de um autor, ou sua contribuição essencial para a história da literatura. É preciso dizer que história aqui é vista como movimento e diversidade, pois na visão de Sérgio Buarque, "na vida real, nada existe de isolado e singular, nada tem por si só significação plena", como está registrado no ensaio "Poesia e Crítica", que foi publicado no jornal *Diário de Notícias*, do Rio de Janeiro, em setembro de 1940[6]. O trabalho crítico, nesta perspectiva, adquire uma função de reconstrução dos elementos oferecidos pela obra, em sua relação mutável e intercambiável com o tempo histórico, em seu devir criativo.

Ainda neste revelador ensaio, em que Sérgio Buarque faz uma análise do surrealismo, contestando a oposição entre poesia e crítica, encontramos uma definição lapidar de seu ofício como crítico:

"A verdade é que o primeiro passo da crítica está na própria elaboração poética e os seguintes estão nos reflexos que o produto de semelhante elaboração vai encontrar no público. Nessa reação do público há uma parte apreciável de recriação. Cada indivíduo, cada época recria as obras de arte segundo sistemas de gosto que lhe são próprios e familiares". (Sérgio Buarque de Holanda, 1996)

Assim, complementa o autor a seguir, "a função da crítica, sua legitimação até certo ponto, está na parcela decisiva com que pode colaborar para esse esforço de recriação". A tarefa do crítico assume aqui uma feição evidente de diálogo com a obra e não de imposição dogmática.

---

[5] HOLANDA, Sérgio Buarque de. *O Espírito e a Letra*, vol. 2, Antonio Arnoni Prado (org.). São Paulo: Companhia das Letras, 1996.

[6] Idem, vol. 1.

Em outro ensaio, intitulado "Missão e Profissão", também publicado no *Diário de Notícias*, em agosto de 1948[7], Sérgio Buarque retoma a questão ao voltar à atividade regular de crítico, depois de um certo período ausente, propondo-se combater o que chama de "vício de nossa formação" e que se caracteriza pelo "gosto que se detém nas aparências mais estritamente ornamentais da expressão e que tende a conferir aos seus portadores um prestígio estranho à esfera da vida intelectual e artística". Esse gosto pela erudição decorativa, pela retórica fácil e declamatória, pelo brilho da forma seria o conteúdo das virtudes de privilegiados (ou iniciados, se quisermos atualizar o termo), que na opinião de Sérgio Buarque "se encarnam tradicionalmente nas profissões liberais e em certos cargos públicos: profissões e empregos que não sujam as mãos e não degradam o espírito, por conseguinte se colocam hierarquicamente acima dos ofícios tidos por desprezíveis em uma sociedade oriunda de senhores e escravos". Fica claro por estas passagens que Sérgio Buarque não desdenhava a responsabilidade social do crítico e o compromisso de sua intervenção na realidade. Sérgio identificava o crescimento de um espírito científico entre nós naquele momento[8], que pudesse talvez romper o casulo das superficialidades com "disciplinas intelectuais feitas de modéstia, inquirição metódica e perseverança". Seria o momento de transformar o caldo incandescente da rebelião modernista em "vontade vigilante" e "obstinado rigor". Ou, ainda, de reconhecer o empenho em "valorizar a profissão literária". Para Sérgio, o escritor brasileiro agora estaria colocado "em face das realidades que antes pareciam indiferentes e mesmo avessas ao seu mundo", vivendo "menos de sonhos e frases feitas do que há vinte anos atrás", o que resultaria em "um vigor novo a tendências que já militavam por dar uma dimensão mais humana às suas atividades".

Diante desse novo contexto político e histórico, Sérgio Buarque lança uma definição para o trabalho intelectual que de certo modo complementa aquela do crítico literário, apresentada anteriormente. Segundo ele, "se o intelectual tem, com efeito, uma sagrada missão a cumprir, será esta de elucidar os que não sabem ver por inocência e denunciar os que não querem ver por conveniência".

---

[7] HOLANDA, Sérgio Buarque de. *Op cit.*, 1996, vol. 2.

[8] Período marcado pelo fim da Segunda Grande Guerra e do Estado Novo, além da consolidação da pesquisa acadêmica na Universidade de São Paulo. Em 1944, Antonio Candido torna público seu depoimento "Plataforma da Nova Geração" em que defende a responsabilidade dos jovens intelectuais contra "todas as formas de pensamento autoritário" (*Textos de Intervenção*, Vinicius Dantas (org.). São Paulo: Duas Cidades/ Editora 34, 2002). No ano seguinte é realizado em São Paulo o I Congresso Brasileiro de Escritores. Ver também MOTA, Carlos Guilherme. *Ideologia da Cultura Brasileira*. São Paulo: Ática, 1977.

Gostaria de terminar este comentário desalinhavado sobre as possíveis raízes da crítica literária em Sérgio Buarque abordando brevemente um texto autobiográfico, de comovedora sinceridade, que está na apresentação do livro *Tentativas de Mitologias*[9]. Nele, Sérgio faz um balanço de sua trajetória intelectual, desde o confronto com o paradigma de matriz autoritária para a explicação de nossa formação histórica, em Oliveira Viana, à sua participação no movimento modernista; de sua viagem à Alemanha em fins dos anos 20 e da redação de *Raízes do Brasil*; de seu interesse de juventude pelos cronistas portugueses do século XIV, como Fernão Lopes, às ulteriores leituras sistemáticas do *new criticism* anglo-americano; do convívio com escritores e intelectuais ao trabalho na imprensa; de sua atividade como historiador e como crítico literário. Além do exemplo de lucidez e coerência, o leitor atento poderá acompanhar nesse breve ensaio a trajetória de um intelectual envolvido com as principais questões de seu tempo, seja como crítico literário, seja como historiador. Poderá notar também como o interesse pela literatura não foi uma paixão secundária, ou acessória, mas esteve no centro de suas inquietações e representou a contraface decisiva de suas investigações pioneiras em historiografia. Sirva de exemplo a seguinte passagem, em que Sérgio afirma: "Mas é fora de dúvida que, devendo lidar largamente com fenômenos particulares, para revivê-los em suas pulsações e sua espessura, a fim de que se integrem em quadros amplos, onde ganhem nova dimensão e significado mais alto, precisa o historiador valer-se de recursos de expressão que não sejam os do mero relatório ou o de uma exposição científica". Assim como ocorre com o crítico literário, o historiador também atua na recriação de seu objeto, ou objetos. De igual maneira, também o crítico Sérgio Buarque soube reviver as pulsações e espessuras das obras literárias a que se dedicou analisar, esquivando-se ao "ceticismo impressionista" e não se deixando seduzir "pelos critérios dogmáticos".

Em outra passagem do mesmo ensaio, Sérgio Buarque procura explicar seu estilo, considerado por muitos como elegante e refinado, explicação que talvez possa nos fornecer algumas pistas complementares para traçar o elemento essencial de seu projeto de crítica literária, que vimos perseguindo até aqui:

"(...) não foi realmente a ambição de valer-me de um tipo de prosa 'literária', por julgar que assim seria mais própria de uma crítica dita literária, isto é, não foi a vontade de escrever bem, em um dos

[9] São Paulo: Perspectiva, 1979.

sentidos mais comuns da palavra, o que me conduziu a tais recursos, e sim o desejo de usar de uma linguagem mais precisa e expressiva do que propriamente bonita (...), uma linguagem onde a boniteza da forma, se ocorresse, fosse proveniente apenas da claridade maior, introduzida nela pela feliz expressão: feliz, não porque floreada e frondosa, mas porque exata e incisiva, embora achada, talvez, ao cabo de longa e acurada busca". (Sérgio Buarque de Holanda, 1979)

Que melhor testemunho seria possível para coroar a militância crítica original de Sérgio Buarque, devotada à compreensão do novo e à busca das raízes autênticas de nossa tradição literária, tão precária e dependente? E que melhor ensinamento para a crítica de hoje, que ainda patina entre os labirintos do dogma e as incertezas real?

A radicalidade de pensamento identificada por Antonio Candido no capítulo final de *Raízes do Brasil*[10] pautou a busca incessante de Sérgio Buarque pela originalidade do texto literário, em sua múltipla configuração de linguagem e de documento, de invenção e de testemunho. Ele foi radical, como crítico literário, naquele sentido etimológico de "ir à raiz", de perscrutar a essência, não para petrificar a obra nas masmorras da abstração teórica, mas para redimensioná-la em seu atrito dialético com o mundo.

Talvez esteja numa carta escrita a Mário de Andrade, em dezembro de 1925, a chave para entendermos um pouco melhor as motivações profundas da trajetória de Sérgio Buarque como crítico literário e como historiador. Nela, Sérgio confessa ao amigo: "Quero aceitar a realidade cotidiana tal como é, embora pense que ela vale a pena principalmente pelo que contém de promessa"[11].

---

[10] CANDIDO, Antonio. *Sérgio Buarque de Holanda e o Brasil.* São Paulo: Fundação Perseu Abramo, 1998.
[11] Idem, ibidem.

CRÔNICA, MEMÓRIA E HISTÓRIA NA CRÍTICA DE SÉRGIO BUARQUE DE HOLANDA

Antonio Arnoni Prado

Uma das contribuições mais originais de Sérgio Buarque de Holanda à crítica literária brasileira vem justamente de sua sensibilidade de historiador. Não que nele o traço específico da avaliação estética se dilua no conjunto da apreciação dos dados documentais, que entram em suas análises com a precisão de um instrumento de cultura capaz como só ele de dar vida à temporalidade do literário, articulando-a com as experiências difusas no tempo do leitor. Mas particularmente porque, tendo consciência de que o primeiro passo da crítica está na própria elaboração do poético, em cada caso e em cada época, as tarefas que assume em face desse processo aprofundam os reflexos que o produto de semelhante elaboração vai encontrar em seu público e em sua época.

Este o motivo para que em Sérgio Buarque de Holanda a grande função da crítica, e sua legitimação até – como nos explica num de seus estudos recentemente publicados –, esteja "na parcela decisiva com que pode colaborar para esse esforço de recriação (que) dilata no tempo e no espaço um pouco do próprio processo de elaboração poética"[1], constituindo-se numa instância verdadeiramente criadora.

---

[1] Sérgio Buarque de Holanda. "O Mito de Anteu" - *I". O Espírito e a Letra. Estudos de Crítica Literária* (Antonio Arnoni Prado, org.). São Paulo: Companhia das Letras, 1996, vol. II, p. 142.

Da perspectiva de Sérgio, na verdade, não há como empreender esse esforço de recriação fora das circunstâncias históricas, sociais ou culturais que correspondem ao instante de criação da obra em si mesma. É com esse intuito que o vemos, num estudo sobre André Gide, ajustar a fisionomia literária do escritor a uma visão de conjunto que "abrange todos os seus aspectos tão vários e discordantes entre si", sem, no entanto deixar de estudar cada um deles isoladamente, com o objetivo de estabelecer a maior harmonia possível, "a maior unidade entre as várias considerações", como faz questão de assinalar.[2]

O efeito que lhe interessa mostrar é o de que, apesar das aparentes dissonâncias entre a lógica da ficção e a leitura de seu significado no momento em que se instaura, perdura sempre entre elas um traço de união que as torna inconfundíveis, no caso de André Gide, por exemplo, o reconhecimento de que a vitória do individualismo pressupõe, em seu limite, a renúncia à própria individualidade.

O caminho para essa constatação vem, no entanto, pelo estudo harmônico das circunstâncias. Nas suas mãos, os diários, as cartas, a crônica de uma vida ou de uma época, a leitura histórica, ao contrário de meras referências, entram como fundamentos na busca dessa unidade entre o homem que pensa e o homem que sente, de cuja perspectiva procura aproximar-se para compreender as diferentes instâncias que cercam as relações entre o universo da obra e o universo de seus leitores.

Significativa, sob este aspecto, é a observação de que o texto crítico, a exemplo da análise histórica, inscreve-se, como produto intelectual, entre as expressões de cultura "essencialmente mutáveis que não se convertem sem violência em normas adequadas para todos e para sempre", abrindo assim um outro caminho para avaliar a coexistência entre o espaço da obra e as circunstâncias de época no espaço fora do texto. Interessante, aqui, é ver como o crítico põe em suspensão a regra geral de que os nossos conhecimentos nascem da subordinação do particular ao universal, para reconhecer como historiador "que para certos homens o essencial continua sendo o que há de particular, de milagroso, o elemento irredutível de cada coisa", e concluir – sem que isso comprometa a objetividade da análise – que, quando a ênfase recai nesses homens "que obedecem às leis divinas e esquecem as outras, as das cidades", nem por isso o peso com que emergem para a história deixa de situá-los como forças decisivas na conformação da vida.

---

[2] Cf. "André Gide" , ibid., vol. I, p. 170.

Será um erro, entretanto, supor que a iluminação desse desvio, por si só, baste para compreender a complexidade de seu alcance. E o modo como ilustrou essa verdade tratando de um livro como *Canaã*, de Graça Aranha, por exemplo, é um dado expressivo. Para Sérgio, será sempre uma operação arriscada tratar da concepção estética de uma determinada obra separando-a do esforço crítico com que seu autor busca ele mesmo compreendê-la fora do texto. Não que a reflexão *a posteriori* refaça o traçado formal da ficção e reoriente o sentido de sua verdade, mas porque – ao crítico – cabe sobretudo a tarefa de harmonizar as hipóteses do que em princípio parece incongruente e disperso para só então conjecturar as dimensões da verdade latente. Como, sob este aspecto, entender o plano ficcional do romance de Graça Aranha, em que o narrador aprofunda certos contrastes que mostram bem a precariedade da vida local (o primitivismo das condições de trabalho e da ordem social, o despreparo das autoridades, retratadas, por exemplo, na ingenuidade do agrimensor Felicíssimo e nas arbitrariedades da Justiça, cujos agentes, como o Pantoja, o dr. Brederodes, o dr. Itapecuru, nada mais refletem que a inaptidão dos nativos para conviver com os códigos da vida organizada), como entender o arranjo estético desses motivos sem ter em conta – nos lembra Sérgio – a tese do próprio Graça Aranha, segundo a qual o sentimento é indiferente à história, e a ausência da tradição equivale a um afortunado privilégio do homem americano, livre para ampliar em seu espírito a pureza da emoção estética e assim prolongá-la ao infinito?[3]

A idéia que o anima é a de que, antes de estudar a produção literária de um escritor, impõe-se estudar o conjunto de sua formação intelectual, vislumbrando nela os pontos de relação com a vida e a cultura de seu tempo, responsáveis – como qualquer instância representativa – pelo diálogo sempre aberto com os produtos estéticos resultantes dessa experiência. Lidos na perspectiva de Graça Aranha, por exemplo, os personagens do conde de Gobineau refletem outras ressonâncias de cultura sem as quais é impossível penetrar na atmosfera ficcional em que se movem. Para compreendê-los, segundo Sérgio, será preciso observar que são originários de um mundo em que a natureza física é uma expansão da natureza moral, e só isso é capaz de explicar a singularidade das emoções e dos sentimentos na alma tanto das personagens quanto de seus leitores. É esse o motivo, nos diz ele citando Gobineau, pelo qual as cenas mais deslumbrantes de

---

[3] Ver "Um Homem Essencial". *O Espírito e a Letra. Estudos de Crítica Literária*, cit., vol. I, p. 181ss.

Canaã jamais poderão ser avaliadas pelos critérios com que deveremos analisar o espaço de um romance como *Les Pléiades*, por exemplo.

Isso explica que muitas vezes o próprio esforço crítico fora do texto se transforma em ato criador, valendo-se diretamente da pesquisa historiográfica. Exemplar como traço dessa equivalência é o modo como nos revela, na composição de um episódio de *O Tempo e o Vento*, de Èrico Veríssimo, o uso da pesquisa histórica enquanto matriz da cena literária.

Na verdade, o que Sérgio nos mostra nessa passagem do romance é que o cenário da velha igreja de São Miguel, no conjunto da descrição das ruínas do povoado das Missões, quando para lá vai o doutor Winter, resulta de uma anotação de Érico Veríssimo à pesquisa documental realizada pelo historiador Hemetério Veloso em seu livro *As Missões Orientais e seus Antigos Domínios*, publicado em Porto Alegre pela tipografia da Livraria Universal de Carlos Echenique, no ano de 1909, onde pela primeira vez se registra o fato de que a velha torre ainda "conservava interiormente o compartimento de madeira que resguardava o maquinismo do relógio, mas a escada de madeira para lá subir estava, quase toda, desfeita".[4] Retomado na ficção, esse registro do cronista interfere na ação do personagem criado pelo artista, frustrando a sua tentativa de chegar ao alto da torre para conhecer o velho relógio: "Os degraus da escada do campanário", anota o narrador de *O Tempo e o Vento*, "cederam ao peso de seu corpo e partiram-se".[5] Mas ao mesmo tempo nos revela como uma personagem fictícia interfere, ao ver-se tentada a subir para o alto da torre, na derruição da escada "que uma testemunha real só pôde atestar vinte anos mais tarde", dado que a visita de Hemetério Veloso ao cenário da luta só se daria no decênio de 1850, e o episódio ficcional transcorre nos anos de 1830.[6]

O importante nesse processo, ressalva Sérgio, é que as atividades paralelas do artista e do cronista correm cada uma a seu lado e não perdem a sua autonomia. O texto que resulta como produto, no caso um romance, é que exige uma análise combinatória das convergências possíveis, já que não se trata de afirmar a prevalência de um pólo sobre o outro, como, aliás, ele faz questão de assinalar numa de suas leituras de *O Tempo e o Vento*: "O cortejo dos fatos históricos", nos diz ele, "está presente a todo momento, mas jamais

---

[4] Ver Hemetério Veloso. *As Missões Orientais e seus Antigos Domínios*, op. cit., p. 246.

[5] Érico Veríssimo. *O Tempo e o Vento*. Porto Alegre: Globo, 1950, vol. I, p. 381.

[6] Sérgio Buarque de Holanda. *O Espírito e a Letra*, cit., vol. II, p. 231.

avança até o primeiro plano para atropelar o conteúdo propriamente romanesco, nem retifica o movimento livre do artista, segundo as leis de um mundo já organizado e de rígidos contornos, para dar-lhe direção prevista e almejada". Ao contrário, "a evocação do passado faz-se sempre por vias indiretas, segundo um sutil e quase invisível processo de seleção".[7]

Na leitura desse intercurso da ficção com a realidade também não cabe, segundo Sérgio Buarque de Holanda, falar em sacrifício de um segmento em favor do outro. É nesse sentido que a verdade dos personagens de Érico Veríssimo se relaciona com o sistema de valores construído no romance e não com os modelos da época a que a obra corresponde. E nem é possível, noutra direção, condicionar a existência dessa obra (ou mesmo do gênero) a um determinado estágio de evolução do contexto histórico que lhe corresponde, como o fez, por exemplo, Lúcia Miguel-Pereira, ao sustentar que o romance só atinge um nível superior de desenvolvimento nas sociedades dotadas de fundas estratificações e de grande densidade espiritual. *Moby Dick*, de Melville, malgrado o recorte alegórico que o deixa mais próximo do gênero épico que da formação romanesca convencional, é um exemplo – argumenta Sérgio acompanhando o pensamento de Osmar Pimentel na refutação à autora de *Prosa de Ficção (1870-1920)* – de como as duas perspectivas não perdem a sua integridade nem se sacrificam uma à outra sem prejuízos relevantes para ambas.[8]

Como se vê, é paradoxalmente o faro do historiador que, na crítica de Sérgio Buarque de Holanda, contribui para enriquecer a dimensão estética da literatura. Na verdade, são os modos com que interroga essa convergência que dão singularidade a tudo que leu e escreveu enquanto crítico. Num primeiro instante, ao propor um distanciamento na avaliação do processo criativo. Com efeito, não é de dentro da literatura que ele procura, como tantos outros, a relação com a história, e nem tampouco é da perspectiva da história que se situa para conceber as suas reflexões literárias. O seu foco, conforme procurou sugerir no referido ensaio sobre Érico Veríssimo, é uma espécie de olho móvel a flutuar sobre o que chamou de paisagem transcendente da obra, aquele plano virtual que não pertence efetivamente ao mundo

---

[7] Id., ibid., vol. II, pp. 228-32.

[8] "Não guardo de memória todos os argumentos de que se valeu aquele crítico paulista; tenho lembrança, em todo caso", nos dirá Sérgio, "de que apoiou suas objeções mostrando como no meio tão provincial e espiritualmente acanhado que eram os Estados Unidos da década de 1850, meio, por conseguinte, que deveria ser pouco hospitaleiro para a criação novelística, segundo a tese contestada, pôde surgir uma das obras supremas do gênero". Ver "Melville" em *O Espírito e a Letra*, cit., vol. II, p. 266.

histórico nem ao mundo da ficção, a dimensão em que nasce e se expande o núcleo da composição, a inteligência central e a moldura da verdade ficcional legitimada como símbolo à parte, mas interferindo vivamente nas instâncias da realidade do mundo em que se insere.

Ao circular no tempo, para usar os termos de Antonio Candido, Sérgio transcende essas mediações para ajustá-las àquele plano virtual de onde a crítica literária pode contribuir para recriar os momentos essenciais no processo de composição da obra. No entanto, se a meta é a fisionomia literária, o modo de compreendê-la não deixa nunca de pressupor a análise minuciosa do conjunto das circunstâncias de que depende o seu processo de significação e leitura no tempo e no espaço em que essa obra vai circular.

O rigor desse critério vale mesmo para as composições de gêneros mistos, como é o caso das biografias romanceadas, nas quais Sérgio não deixou de apontar – nas oportunidades em que isso ocorreu – o peso documental excessivo a desfigurar o quadro ficcional projetado. Foi o que fez, por exemplo, em relação à *Vida de Paulo Eiró*, de Afonso Schmidt, em que os fatos ligados à sociedade e à época do malogrado dramaturgo paulista, conforme mostrou, acabam hipertrofiados no conjunto das referências históricas que desequilibram a ordem imaginária e caprichosa de onde deveria emergir a vida do poeta e do homem.

Não que a atividade do biógrafo e a do romancista se mostrem inconciliáveis. É mesmo possível, e Sérgio faz questão de assinalar, que "os movimentos da imaginação possam perfeitamente acomodar-se ao espetáculo da vida e conformar-se à ordem em que foram postas as coisas". Mas isso em princípio não exclui a verdade, considerada do ponto de vista do historiador, de que a perspectiva do biógrafo é em geral uma perspectiva "adstrita a um mundo já organizado, de contornos fixos e rígidos" que não lhe permitem a liberdade necessária para qualquer trabalho de criação.[9]

Quando, no entanto, as perspectivas se harmonizam, a biografia tem muito a nos revelar porque, a exemplo do romance – mesmo o de corte realista, nos diz ele –, ela não nasce de uma observação passiva da existência. Caberá ao crítico distinguir neste caso, antes da especificidade do gênero, as relações do retrato esboçado com a variável das molduras possíveis decorrentes das marcas que lhe ficaram do contato com a vida no mundo que lhe corresponde. O foco em questão

[9] *A Vida de Paulo Eiró*, ibid., vol. I.

pode não estar – como em geral não está – na reconstrução integral de uma trajetória ou de uma fisionomia, nos diz Sérgio, e sim nos detalhes – o desvio ou a singularidade que projetam um episódio ou uma vida no panorama de uma toda uma época. "Em uma era que se pretende realista e onde os fatos concretos importam mais que as simples criações", nos diz ele ao comentar a vida de Fagundes Varela escrita por Edgard Cavalheiro, "a biografia satisfaz essa avidez melhor do que o romance."[10]

Nela o tema é quase tudo e a forma de tratá-lo, ao contrário do romance, é por excelência um ato de intuição criadora em que a imaginação refaz de um novo ângulo o que os fatos já demonstraram. Esse fascínio da irrealidade contra o pano de fundo das realidades esgotadas, predominante nas biografias, exige do crítico um outro olhar, um exercício de identificação subterrânea capaz de localizar nos detalhes e nos desvios os pontos de articulação do conjunto.

Uma forma de avaliar os desdobramentos dessa estratégia é pensar nas diferentes ocasiões em que Sérgio se valeu da busca quase metodológica desses "setores subjacentes invisíveis a olho nu" para formular o argumento de suas análises. Assim é, por exemplo, que o vemos vasculhar a correspondência de Ezra Pound em busca dos pormenores de uma teoria estética que o poeta só transmitiu aos amigos mais próximos e cujo levantamento, transformado em instrumento crítico, permite a Sérgio fundamentar na obra de Pound a admiração pedagógica pelo gosto do artesanato literário, a presença de ritmos, de melodias e de concepções herdadas de contatos com a poesia de Dante e dos provençais, além de uma vinculação estratégica com o experimentalismo que se instalara na França já a partir de 1830.[11]

Com o mesmo empenho é que vai buscar nos diários de Kafka os argumentos para confirmar sua tese de que o pensamento dominante na obra desse autor refoge "a qualquer interpretação que procure associar-lhe um sentido coerente ou uma formulação sistemática". Para a crítica de Sérgio, a singularidade de Kafka, mais que um motivo recorrente na lógica de sua narrativa, é a expansão de um efeito moral deliberado. Por isso, antes dos personagens e das novelas, o seu interesse se inclina para as confissões do homem: "O que tenho eu de comum com os judeus?" é uma pergunta de 1914 que Sérgio retira do terreno da biografia para transformá-la num efeito crítico decisivo para a elucidação da obra, cuja interpretação, para andar próxima de Kafka,

---

[10] *Fagundes Varela*, ibid., vol. I.

[11] Ver a respeito "O Caso Pound", ibid., vol. II, p. 286.

deve levar em conta que no universo desse autor a liberdade do homem livre, por exemplo, é mais difícil de suportar do que a prisão do prisioneiro: "Mal poderei dizer que tenha alguma coisa em comum comigo mesmo, e deveria ficar quieto no meu canto, satisfeito de poder respirar".[12]

Outras vezes nos mostra que, nos depoimentos do homem, o crítico pode descobrir um procedimento de leitura que, mesmo fora do texto, a ele se associa enquanto instância subsidiária indispensável. Um bom exemplo desse recurso está no interesse de Sérgio em buscar numa carta de Marcel Proust a René Blum, de 1913, a ressalva pela qual o autor da *Recherche*, explicando a composição complexa de sua narrativa, revela o temor de que nenhum crítico viesse a compreendê-la. Através dela ficamos sabendo que o que pode parecer uma passagem inútil no primeiro volume tomado isoladamente se constitui – quando relido como recordação nos volumes seguintes – num suporte imprescindível ao plano geral da composição da obra.[13]

Mas há casos em que Sérgio discute a natureza da oposição entre os elementos externos e a configuração da própria estrutura da obra literária, procurando ressalvar – no terreno das distinções puramente teóricas – o perigo que os juízos de valor podem representar quando desconsideram o caráter essencialmente ambíguo da criação literária. Nesse passo, por mais que a crítica tenha elementos para elucidar, por exemplo, o contexto moral de uma obra de ficção, será sempre uma redução perigosa subordinar o nível artístico da construção literária à legitimidade dos valores em jogo.

Para quem, como ele, já rechaçara um argumento de Afrânio Coutinho, segundo o qual o valor literário dos romances de Machado de Assis não se livra da contradição moral de que, neles, ninguém trabalha, o radicalismo de François Mauriac relativizando a qualidade estética da ficção de Jean Genet, em razão do fundo pecaminoso e diabólico que ela pode veicular, é tema que merece todo o cuidado. Aqui, apesar de reconhecer a dificuldade "de falar com critério sereno de uma obra onde qualidades exemplares de estilo e expressão foram postas tão indiscretamente a serviço do mal", o que Sérgio recusa na crítica de Mauriac é justamente a decisão de atrelar a magia verbal dos textos de Genet à difusão dos temas que repugnam à sua (dele, Mauriac) confissão cristã, transformando-os, assim, em instrumentos

---

[12] Cf. Franz Kakfa. *Diaries (1914-1923)*, edição de Max Brod (trad. de Martin Greenberg em colaboração com Hannah Arendt). Nova York, Shoken Brooks (1965), p. 11, apud "Kafkiana – II", in *O Espírito e a Letra*, cit., vol II, p. 548.

[13] Ver "O Tapete Cortado". *O Espírito e a Letra*, cit., vol. II, p. 205.

duplamente condenáveis, porque "podem somar o prestígio da forma ao outro, do vício e da perdição".[14]

O caminho para o impasse pode estar, segundo sugere, em avaliar na singularidade da forma os reflexos de uma outra singularidade, a singularidade que lhe corresponde no plano da experiência individual inigualável que, no caso de Jean Genet, se move no avesso da moral cotidiana e consagrada, um raro exemplo em que a inversão física encontra sua perfeita réplica na inversão dos valores que o passado recusou.

A elucidação pelo contexto, no entanto, pode subir para o primeiro plano da análise quando, numa direção oposta, o argumento da ficção interrompe o curso do tempo para sugerir uma outra forma de ordenação, a da expressão convulsiva dos temas essenciais que compõem a nossa existência, de que é exemplo, a seu ver, a obra de Thomas Hardy. Para compreender a importância de Hardy, ele sugere que o crítico a isole do conjunto das forças ordenadoras de sua época e a tome como um daqueles sintomas de cultura em que "é preciso que o curso do tempo se interrompa para que se possa pressentir o inefável". Não se trata aqui, como no exemplo de Jean Genet, de avaliar a forma da perspectiva do mal, mas de tomá-la como expansão de uma hipótese que desmantela os códigos vigentes à semelhança daqueles momentos de visão que, segundo Sérgio, "só respiram fora da História, à margem da sucessão do tempo". Nesses momentos – nos dirá ele – "todas as forças ordenadoras são sacrificadas e aparece então, nitidamente, a inanidade das polícias humanas e divinas".[15]

Sérgio nos revela em Hardy o que Auerbach nos mostra ao falar de Stendhal, ou seja: interessa-lhe em Hardy o modo como o narrador, sem cair no perspectivismo histórico dos românticos, apreende o cotidiano e desmonta as suas engrenagens, construindo a fisionomia individual de cada ambiente sem nenhum plano preconcebido para dar conta dos fatores gerais que organizam a vida social. O momento revelador em Hardy, como no Stendhal de *Na Mansão de la Mole*, está no poder avassalador da intriga, que desenvolve a estrutura da ação sem se valer das forças históricas que lhe servem de base. Auerbach, resumindo o método de Stendhal, nos diz que, neste, a representação é muito mais o

---

[14] "O Beija-Flor e o Leão", ibid., vol. I, p. 360.

[15] Cf. "O Testamento de Thomas Hardy", ibid., vol. I, p. 240.

produto de uma "*analyse du coeur humain*" do que propriamente a figuração deliberada dos motivos históricos que a determinam.

A ele se deve, nos diz Sérgio, a adoção do prosaico na moderna ficção e, com este, a ampliação da instância cognitiva da literatura, que passa a neutralizar o peso documental dos outros discursos. "A possibilidade de recorrer-se ao *sermo humilis* ou *remissus* para temas graves e trágicos – explica – é uma conquista ou, antes, reconquista do século XIX, que Auerbach acompanha até as últimas conseqüências quando aborda a arte de um Proust, de um Joyce, de uma Virgínia Woolf"[16] e que Sérgio pressentia – ressalvemos – já em 1928 ao separar os motivos dos personagens de Thomas Hardy do mundo em que se moviam para assim explicar que na ficção desse autor os homens é que estabelecem as categorias e as oposições entre as coisas, forjando recompensas para os virtuosos e estabelecendo castigos para os ímpios. Nesse universo, que só a instância rebaixada pode nos revelar, tudo nos ensina que o sucesso ou o insucesso ocorrem indistintamente para os bons e para os maus, dado que as coisas não foram arrumadas "ao gosto dos homens, como num tabuleiro de xadrez. A injustiça", adverte ele, "faz-se lei contra todas as conveniências".[17]

No plano oposto ao dessas cogitações, aparecem as relações materiais entre os fatos históricos e a produção intelectual, cujo significado entra na crítica de Sérgio Buarque de Holanda como um elemento fundamental, mas anterior a trabalho de análise. Às vezes entra mesmo como simples estudo de relação, como no artigo dedicado às condições favoráveis com que o povoado de Itaboraí, graças ao impulso extraordinário que ali tomou a cultura do café ainda antes de sua elevação à categoria de vila, contribuiu para o desenvolvimento da carreira teatral do jovem João Caetano dos Santos. E está presente, com o mesmo sentido, na grande maioria dos estudos e ensaios que escreveu, por exemplo, acerca do modernismo e dos modernistas, pensando, entre outros temas, no predomínio do conto e do relato curto, ao lado da poesia, numa época em que o conjunto da produção literária conviveu com a aceleração do tempo social e a fragmentação dos espaços urbanos. Por esse viés, viu bem cedo muita coisa no arranjo inovador dos romances modernistas de Oswald de Andrade, na poesia paulistana de Mário, nos contos e relatos de Alcântara Machado, para não falar na poesia do olhar anônimo que passa e se perde nos

---

[16] Cf. "Mimesis", ibid., vol. II, p. 293.

[17] "O Testamento de Thomas Hardy", cit., ibid., p. 240.

flagrantes urbanos de um Manuel Bandeira e de um Carlos Drummond de Andrade.

Os efeitos que o crítico tira dessas circunstâncias em nada diferem – na avaliação do conjunto – das "correspondências" literárias com que o historiador procura ilustrar em cada época e em cada sociedade a repercussão dos fatos e das empresas humanas. A partir de uma referência aos mercadores onzeneiros de começos do século XVII, documentada, por exemplo, nos *Diálogos das Grandezas do Brasil*, Sérgio detém-se no episódio da assimilação de parte dos cristãos-novos pelas famílias mais abastadas da colônia para mostrar, socorrendo-se de outras fontes, que era comum os demais povos europeus daquele tempo confundirem o português com o judeu.

A referência que a princípio parece apenas documental desdobra-se para o âmbito da cultura e nesse exercício o crítico socorre-se de personagens e cenas literárias que confirmam, em registro mais amplo, o fato de que "a nacionalidade, mesmo desacompanhada do adjetivo judeu, pode referir-se aos fiéis da Toura", como o revelam, por exemplo, a ladinice de um pícaro como Estebanillo González, as associações entre judeu e português lacrimoso presentes na *Visita de los Chistes*, de Quevedo, ou nas *Quinas de Portugal*, de Tirso de Molina, para não falar na plangência descomedida das elegias de Leone Ebreo, o Jehudah Abarbanel.[18]

O mesmo se diga das predileções muçulmanas que marcaram como nenhum outro a figura do rei D. Manuel, segundo dados que Sérgio levanta a partir da *História da Sociedade Portuguesa no Século XV*, de Costa Lobo. Levanta para ampliar depois, é bom que se diga, demonstrando uma intuição inigualável que persegue os ecos da música mourisca em diferentes episódios da *Crônica do Felicíssimo Rei D. Manuel*, de Damião de Góis, assim como nas composições poéticas recolhidas no *Cancioneiro Geral*, de Garcia de Rezende, onde vai buscar, num episódio evocado em redondilhas, o mal de amor em que caiu enfeitiçado um certo Diogo de Pedrosa, impressionado pelos "dengues de uma dança moura" que testemunhou nos movimentos de formosa bailarina por quem se apaixona, filha de Fernão da Silveira, coudel mor na época de João II. É o próprio pai, contrariado com o romance, que confirma a intuição certeira do crítico, desabafando-se nos versos:

---

[18] Sérgio Buarque de Holanda. "Onzenas e Lágrimas", ibid., vol. II, p. 642 ss.

Doce baylo de mourisca
mil sentido faz perder,
e lá mete uha tal trisca
que é muy má de guarecer.[19]

Outro exemplo é de como nem mesmo o rápido fastígio alcançado por Espanha e Portugal durante os feitos dos descobrimentos conseguiu evitar a má impressão que até àquela altura sempre mereceram dos outros povos da Europa cristã. Francesco Guicciardini, arrolado por Sérgio, documenta o fato na sua *Storia D'Italia* (1541) e o próprio Sérgio, socorrendo-se das cartas de Erasmo de Roterdã e louvando-se na obra histórica do já citado Costa Lobo, confirma alguns de seus desdobramentos. Mas não lhe satisfazem apenas os aspectos aparentes dos acontecimentos no quadro das referências históricas em que se circunscrevem. Sérgio sobe, para interpretá-los, às hesitações de Dante, perplexo ante a linguagem dos hispânicos ("Que língua falam os espanhóis?"*),* vai às constatações mais corrosivas de Boccaccio *("Hispanni semibarbari et efferati homines*") e aos retratos menos implacáveis dos *ragguàgli* de Trajano Boccalini, onde os espanhóis aparecem como "*uomini tanto nuovi in questo mondo e poco fa usciti dalla crudel servitù dei Mori*".[20]

[19] Cf. "Doce Baylo de Mourisca", ibid, vol. II, p. 638-641.

[20] Ver "Non Placet Hispania", ibid., vol. II, p. 634 ss.

ANÁLISES RECENTES DA OBRA DE SÉRGIO BUARQUE

Robert Wegner

Após assistir ao depoimento de Suely Robles de Queiroz e ao de José Sebastião Witter, que foram alunos de Sérgio Buarque de Holanda, fiquei com a sensação de que não teria muito a dizer em uma homenagem ao historiador. E a limitação não seria particular, mas envolveria toda a minha geração, que, não tendo convivido com Sérgio Buarque, pouco poderia acrescentar. Contudo, passado o susto inicial, me dei conta de que, se gostamos de ler os textos de Sérgio e até de ouvir histórias sobre sua personalidade, temos aprendido não apenas sobre história e literatura do Brasil, mas também recebido lições de vida e de como lidar com a profissão. Aproximar-se de sua obra é aproximar-se um pouco de sua pessoa. E é sobre isto que versa este texto.

Inicio, portanto, com um pedido de desculpas, pois muito menos do que fazer um balanço sobre os estudos recentes da obra de Sérgio Buarque, que era o que se esperava da minha participação neste seminário, vou tentar elaborar algumas reflexões sobre o que alguns

---

* A primeira versão deste texto foi apresentada na série de conferências "Perfis Buarquianos", São Paulo, 8-10 de outubro de 2002. Mesmo revendo diversas passagens, não eliminei de todo as características de um texto apresentado oralmente.

dos seus trabalhos e, mais especialmente, a sua forma de se relacionar com o ofício de historiador tem a dizer para a minha geração.

Meu ponto de partida é o de que meus contemporâneos e eu realizamos nossos estudos quase exclusivamente em ambiente universitário. Se não é a primeira, gerações anteriores traziam na lembrança outros tempos, tempos de intelectuais de jornal e de ensaístas. Suely Robles, Witter e Maria Odila da Silva Dias são também historiadores formados em um ambiente plenamente universitário, mas conviveram com a geração anterior e, sobretudo, com Sérgio Buarque de Holanda, o homem ponte entre o movimento modernista e o pensamento universitário, e, acrescente-se, entre o ensaísmo e o trabalho mais monográfico.[1]

Por ter vivenciado a transformação, Sérgio Buarque é de uma geração que refletiu sobre a novidade do estilo intelectual formado pelas universidades, enquanto a minha nem sempre se detém sobre este significado e, mais do que isso, corre o risco de esquecer o imenso esforço que a mudança envolveu, não somente em termos institucionais como também de mudança mental, quase diria, de autocontrole. Mesmo assim, inclino-me a afirmar que meus contemporâneos que estudam a obra de Sérgio Buarque têm se defrontado com suas análises que apontam para a importância dessa transição, para o que estava em jogo nela e ainda para os perigos que rondam a atividade intelectual rotinizada em universidades. Em uma palavra, com Sérgio aprendemos a desnaturalizar e, por isso mesmo, a refletir sobre o nosso próprio papel como intelectuais hoje.

Por tudo isso, abordarei um período de transição na obra de Sérgio Buarque que localizo entre *Raízes do Brasil*, publicado em 1936, e *Monções*, de 1945. Na primeira parte do texto, trato mais do significado que Sérgio atribuía à sua nova forma de operar com os dados históricos. Na segunda parte, realizo mais uma leitura do conteúdo dos livros, comparando *Raízes do Brasil* e *Monções*, incluindo ao lado deste *Caminhos e Fronteiras*. E, finalmente, concluo apontando para uma confluência entre a avaliação de Sérgio Buarque sobre a geração universitária que via surgir nos anos 1940 e 1950 e sua interpretação histórica, realizada na mesma época, da experiência dos bandeirantes, monçoeiros, tropeiros e fazendeiros do planalto paulista.

---

[1] Quem definiu Sérgio Buarque de Holanda como homem-ponte entre duas gerações foi Sérgio Milliet. Ver MILLIET, Sérgio. "À Margem da Obra de Sérgio Buarque de Holanda". *Revista do Brasil* (Número especial dedicado a Sérgio Buarque de Holanda), Rio de Janeiro, nº 6, 1987, p. 96 e 98.

I

Conforme aponta Maria Odila da Silva Dias, *Monções* pode ser considerado um marco do início da carreira de Sérgio como historiador propriamente dito.[2] Vale perguntar: isto quer dizer que *Raízes do Brasil* não seja um trabalho de historiador? A resposta é sim e não. Este livro envolve sim rigor analítico e ampla pesquisa documental, inclusive com um marcado recurso à literatura dos viajantes. Diria, na verdade, que *Raízes do Brasil* não deve ser considerado uma obra de historiador *tout court* não por algo que lhe falte, mas pelo que tem a mais. Este "a mais" faz do livro um ensaio. Antonio Candido deixou isto muito claro ao comentar que este tipo de trabalho é marcado "(...) por certa confiança na intuição [...] O entendimento que resulta é global e se pretende exemplar. Para atingi-lo, o autor, por mais minuciosamente informado e documentado que esteja, não hesita em dar saltos qualitativos quase mortais [...]. O conhecimento obtido assim é ao mesmo tempo afastado do dado empírico e incrivelmente revelador, porque permite ver um nível onde a 'compreensão' é forma quase misteriosa de penetrar no objeto estudado. *Além de outros, o defeito fundamental deste método é que só quem tem genialidade pode usá-lo bem*".[3]

É importante sublinhar a última observação, o fato de que o ensaio mantenha afinidade com a genialidade, um pouco como se disséssemos que escrevê-lo não é para qualquer um. Este ponto exatamente, pelo contraste, deixará claro o que está envolvido, do ponto de vista de Sérgio Buarque, nos estudos universitários. Então vejamos.

A mudança de estilo de Sérgio Buarque em *Monções*, abandonando o recurso a tipos ideais e não mais falando em "homem cordial", parece acompanhar mudanças institucionais em curso. Sem nos alongar, basta lembrar o surgimento da USP em 1934 e a malsucedida experiência da Universidade do Distrito Federal, criada em 1935 e extinta poucos anos depois. Aliás, foi nesta Universidade que Sérgio Buarque teve sua primeira experiência universitária, logo após ter escrito *Raízes do Brasil*. O interessante é que, na década de1940, Sérgio Buarque acompanha e escreve artigos de jornal sobre os trabalhos da primeira geração de cientistas sociais com formação universitária. Sua avaliação sobre a nova inteligência parece fornecer

---

[2] DIAS, Maria Odila L. da Silva. "Sergio Buarque de Holanda, Historiador". *In Sérgio Buarque de Holanda*. São Paulo: Ática, 1985, p. 56.

[3] CANDIDO, Antonio. "Introdução". *In*. F. A. Barbosa (Org.). *Raízes de Sérgio Buarque de Holanda*. Rio de Janeiro: Rocco, 1988, p.124 (ênfase acrescentada).

elementos para pensar a sua própria trajetória de ruptura com o ensaísmo.

No artigo "Erudição e Imaginação", de julho de 1950, Sérgio Buarque considerava que a redefinição da atividade intelectual significava que o cientista teria um papel mais humilde do que o pretendido pelos grandes ensaístas, pois "no domínio da historiografia parece registrar-se, na aparência, uma purificação, com o declínio dos trabalhos sobretudo interpretativos em benefício da exposição objetiva e amplamente documentada".[4] Aproveitando-se das palavras de Antonio Candido citadas há pouco, poderíamos até mesmo completar observando que, ao não se afastar do dado empírico, o trabalho monográfico não permite "saltos qualitativos quase mortais".

Essas transformações na atividade do intelectual poderiam significar, segundo Sérgio Buarque de Holanda, uma importante redefinição do nosso legado intelectual ibérico, substituindo-se uma atividade retórica e voltada para o sublime por uma atividade mais humilde. Talvez, recordando o primeiro capítulo de *Raízes do Brasil*, até pudéssemos afirmar que a institucionalização significaria um abandono, na atividade intelectual, da "sobranceria" – "palavra que indica inicialmente a idéia de superação" – e, levando mais longe a conexão, passaria a possibilitar projetos intelectuais coletivos, já que é desta sobranceria "que resulta largamente a singular tibieza das formas de organização".[5] É isto que leva Sérgio Buarque de Holanda, famoso por seu livro de ensaio, a saudar a atividade da Faculdade de Filosofia da Universidade de São Paulo, chamando a atenção para a "(...) ação que vêm exercendo sobre certas inteligências o método e o ensino universitário, sobretudo o das Faculdades de Filosofia. A eles se deve, em parte considerável, a desconfiança crescente, em toda uma geração de estudiosos, pelo autodidatismo e pelo personalismo exacerbado. Sua vontade deliberada de vivenciar e retificar, se preciso, a sabedoria infusa ou a inspiração sublime, é fato com o qual, daqui por diante, deveremos contar".[6]

Sérgio Buarque percebe que o próprio exercício de interpretação ensaística, tal como fez em *Raízes do Brasil*, passava a ser visto com certa desconfiança por uma geração a caminho do pensamento social

---

[4] HOLANDA, Sérgio Buarque de. "Erudição e Imaginação". *In:* S.B. de Hollanda. *O Espírito e a Letra*: Estudos de Crítica Literária, 1947-1958: volume II. 1996, p. 233.

[5] HOLANDA, Sérgio Buarque de. *Raízes do Brasil.* Rio de Janeiro: José Olympio, 1936, p. 5.

[6] HOLANDA, Sérgio Buarque de. "Missão e Profissão". *In:* S.B. de Hollanda. *O Espírito e a Letra*: Estudos de Crítica Literária, 1947-1958: volume II. [Organização, introdução e notas de Antonio Arnoni Prado] São Paulo: Companhia das Letras, 1996, p. 39-40.

institucionalizado. A importância de tal movimento em favor do pensar mais disciplinado nas Ciências Humanas repousava na recusa a fórmulas e doutrinas, salvadoras, mas simplificadoras. Além disso, significava, fechando meu raciocínio, o abandono do ideal de "gênio", que poderia, quem sabe, com um único golpe, com um *insight*, encontrar uma chave explicativa para a história do país. Em seu lugar viriam trabalhos "amplamente documentados", como *Monções*, lembremos, trabalhos com interpretações que poderiam ser retificadas, seja pelo autor, seja por outros pesquisadores, dando o tom coletivo para a nova cultura intelectual. Sobre este novo mundo poderíamos dizer: qualquer um pode se tornar intelectual, desde que, concebendo sua atividade não mais como "missão", mas "profissão", adquira as virtudes da "modéstia" e da "perseverança", e aceite a se dedicar à "inquirição metódica", aquela que se define "menos por fins de antemão determinados do que pela maneira de chegar a eles, pois o roteiro que escolheram talvez ainda não esteja nos mapas, e o futuro pode trazer surpresas".[7]

II

Agora desejo comparar em termos mais substantivos *Raízes do Brasil* com *Monções* e *Caminhos e fronteiras*. Meu intuito com isto está em dois planos. No primeiro, alertar que não se deve exagerar a mudança operada entre *Raízes do Brasil* e *Monções*, isto porque há uma questão fundamental do ensaio que permanece nos trabalhos seguintes. Diria que a questão é própria da Sociologia Histórica alemã e, podendo ser encontrada tanto na obra de Norbert Elias como na de Weber, diz respeito à pergunta: como surgem elementos próprios da modernidade como a racionalização, a internalização do controle e a civilidade? Diria que esta pergunta está no ensaio de Sérgio Buarque e permanece em seus dois livros seguintes. O que irá mudar é não apenas a forma de respondê-la, mas também a própria resposta. E a resposta que aparece nos livros seguintes a *Raízes do Brasil* nos levará para o segundo plano, que diz respeito a uma certa coincidência existente entre a argumentação de Sérgio Buarque na sua defesa do tirocínio universitário e sua interpretação histórica do que se poderia chamar, não sem alguma liberdade, desenvolvimento psicológico de São Paulo.

Para analisar tudo isso com mais vagar, é preciso de antemão esclarecer três pontos. Em primeiro lugar, a referida questão acerca da modernidade diz respeito ao surgimento do capitalismo, mas, por mais que as explicações tenham a ver com mudanças institucionais,

---

[7] *Idem*, p.38-39.

demográficas, de forças produtivas, enfim, mudanças materiais, o foco (tanto das obras de Weber, de Elias, como também de Sérgio Buarque) está muito mais direcionado à interioridade dos atores envolvidos. Como bem explicou certa vez o historiador Brasil Pinheiro Machado ao falar de *Raízes do Brasil*, a questão alemã do livro diz respeito ao nascimento do capitalismo, este abordado, entretanto, mais como um tipo de racionalidade do que como um sistema econômico.[8]

Segundo esclarecimento: havia na reflexão alemã, desde meados do século XVIII até o início do XX, dois modelos de construção da personalidade a partir dos quais, de algum modo, se poderia elaborar uma resposta adequada àquela questão sobre o surgimento de uma personalidade moderna (que distinga uma esfera pública de uma esfera privada, submeta-se a regras impessoais, tenha aprendido, em suma, a agir filtrando os impulsos vindos diretamente do coração). Os dois modelos são o da *beruf* (vocação) e o da *bildung* (formação)[9] Sem considerar maiores detalhes, pode-se sublinhar que, enquanto o primeiro envolve uma revolução interior, a formação diz respeito a pequenas e constantes reformas graduais.

O exemplo típico da vocação está na idéia de conversão que historicamente se desenvolveu no interior das correntes do protestantismo. O crente concebe sua conversão como um novo nascimento, que significa um rompimento com o passado e o reordenamento da sua interioridade a partir da internalização de um princípio transcendente. Amparado em uma marcada separação entre o mundo inteligível e o sensível, passa a agir neste mundo guiado por um princípio extraído do primeiro.[10] Por outro lado, o modelo da formação não envolve uma diferenciação entre mundos inteligível e sensível e nem sequer uma demarcação muito nítida entre interioridade do sujeito e exterioridade. Desse modo, a personalidade molda-se em um constante fluxo entre interioridade e exterioridade, sem um princípio único ou predominante que orquestre este intercâmbio.[11]

Uma vez demarcada essa diferença crucial entre os dois modelos, vale como terceiro e último esclarecimento uma lembrança:

---

[8] MACHADO, Brasil Pinheiro. "Raízes do Brasil: uma Re-leitura". *Estudos Brasileiros*, nº2, 1976, p.179.

[9] Sobre o modelo da *beruf*, ver o clássico trabalho de WEBER, Max. *The Protestant Ethic and the Spirit of Capitalism*. New York: Charles Scribner's Sons, 1958; e, sobre a tradição da *bildung*, BRUFORD, W.H. *The German Tradition of Self-Cultivation: Bildung from Humbolt to Thomas Mann*. Cambridge: Cambridge University Press, 1975.

[10] Ver GOLDMAN, Harvey. *Max Weber and Thomas Mann: Calling and the Shaping of the Self*. Berkeley: University of California Press, 1988. especialmente p. 121-126.

[11] *Ibidem*. especialmente p.116-121.

Weber encontrou uma afinidade eletiva entre o espírito do capitalismo e a vocação, e não entre este espírito e a formação, representada, em sua Sociologia da Religião, pelas religiões da China, tanto o taoísmo como o confucionismo.[12] Tendo em mente essas três observações, passo a tratar da diferença entre a resposta à questão sobre a modernidade no Brasil elaborada em *Raízes* e a tecida em *Monções* e *Caminhos e Fronteiras*.

Pode-se afirmar sem muita polêmica que *Raízes do Brasil* é um mapeamento dos obstáculos à modernização e à democracia. E um pouco mais ousadamente arriscaria dizer que *Raízes do Brasil* consiste em uma busca de alguma experiência histórica do país que pudesse ser interpretada segundo o modelo da vocação. E esta experiência não é encontrada, embora o autor deixe claro que pudesse estar aparecendo no momento mesmo em que escreve, seja como conseqüência da vinda de imigrantes europeus desde o século XIX, seja como resultado da urbanização em curso nas últimas décadas. Mas o que mais vale salientar é que Sérgio Buarque, leitor de Weber de primeira hora, trabalhava então com a idéia de que a modernidade possuía afinidade eletiva com, e somente com, a vocação.

Creio que seja exatamente com este ponto que Sérgio Buarque rompe nos seus livros seguintes. Ou seja, mantendo a questão weberiana sobre como surge a modernidade passa a dar outra resposta e elabora uma via de acesso à modernidade mais próxima do modelo da formação, uma via em que predominam reformas interiores, e não a experiência da revolução interior. A minha tese é que *Monções* e *Caminhos e Fronteiras*, lidos como um texto único e em seqüência cronológica, consistem na descrição de um lento e longo processo civilizador seguindo o modelo da formação ¾ e não de vocação. O bandeirante do século XVII, um absoluto aventureiro, dará lugar, no século XVIII, ao monçoeiro, que, nas rotas de comércio entre Porto Feliz e Cuiabá, por exigência das próprias atividades de comércio e navegação, passa a agir de forma um pouco mais previdente e organizada em grupo. No século XIX, na figura do tropeiro e do fazendeiro, o ócio já cedeu lugar ao negócio (*nec-otium*), à negação do ócio. Quero salientar que essa formação que ocorre no planalto paulista no decorrer de séculos se dá no corpo-a-corpo com a vida, nos desafios do cotidiano. Não há nenhum princípio transcendente regendo essas lentas reformas interiores. Portanto, é uma formação não pelo sublime, mas marcada

---

[12] SCHLUCHTER, Wolfgang. *Rationalism, Religion and Domination: A Weberian Perspective*. Berkeley: University of California Press, 1989. p. 87; WEBER, Max. *The religion of China: Confucionism and Taoism. New York: Free Press, 1968.*

pela humildade, pelas experiências mais chãs dos sujeitos históricos. Vale reforçar que humildade tem a ver com húmus, com chão.

III

Chegamos a uma coincidência surpreendente, pois, na década de 1940, ao mesmo tempo em que Sérgio Buarque defende a necessidade de uma formação acadêmica sob o signo da humildade, o historiador vinha detectando uma experiência histórica no Brasil na qual estava envolvida uma modelação da personalidade marcada igualmente pela humildade. Cabe salientar que se trata de um processo no qual o moderno não rompe com o tradicional, não envolvendo um corte absoluto com o passado.

Reforçando o paralelo entre vida e obra, Sérgio Buarque parece não ter se desavindo com seu passado modernista ao passar a ter uma vida perfeitamente enquadrada nos padrões universitários, quando assume a cátedra de História da Civilização Brasileira na USP, em 1958. Como mostrou José Sebastião Witter em seu emocionante depoimento, o historiador desempenha os papéis formais e institucionais sem perder a irreverência, sem, em suma, perder a cordialidade. Tudo isto, é claro, pode ser explicado por questões de temperamento pessoal. Mas acredito muito mais que seja resultado tanto de sua concepção de formação – quase contrária ao modelo de vocação – quanto de seu cultivo consciente de ideais modernistas.

Finalmente, acredito que isto ensina a minha geração a valorizar as instituições universitárias, às quais tanto devemos, e ao mesmo tempo nos deixa atentos aos perigos de burocratização e rotina que rondam as instituições. Sérgio Buarque de Holanda, com sua vida, com sua obra, nos mostra que é possível evitar esses perigos. E, em uma homenagem ao historiador, não posso me furtar a concluir com uma citação sua. E faço isso com uma passagem que vem reforçar o meu argumento de uma certa coincidência entre o argumento histórico desenvolvido pelo autor em *Monções* e *Caminhos e Fronteiras* e sua defesa dos estudos universitários. A passagem é de uma conferência publicada em 1946 e que veio compor, com uma única modificação, um capítulo de *Caminhos e Fronteiras*. A modificação foi exatamente a supressão do trecho que passo a ler:

"Um [...] benefício ainda poderá ter ficado dessas audaciosas peregrinações [...]. Elas nos oferecem uma lição de prudente sabedoria. Lição para o presente e também para o futuro, mas que pertence igualmente à História, na parte em que a História é mestra da vida. O primeiro passo para a integração no mundo de nossa cultura de todo o imenso território, que constitui o coração deste continente sul-americano, nasceu da aventura e pode-se dizer que foi, todo ele, uma teimosa e magnífica aventura. Era inevitável que assim sucedesse.

O que resta fazer, porém, para completar esse esforço, não poderá ser obra da aventura. Exigirá, provavelmente, o trabalho atento de algumas gerações de homens pacientes, metódicos e modestos. Nascerá das nossas legítimas necessidades e das nossas possibilidades efetivas, não de projetos espetaculares, bons apenas para a declamação e a lisonja. Significará uma luta penosa e de resultados talvez remotos, mas que há de ser realizado, porque somente com sua realização nos mostraremos verdadeiramente dignos do esplêndido legado das bandeiras e das monções".[13]

É como se Sérgio Buarque de Holanda estivesse a reverenciar a coragem aventureira dos bandeirantes e também, arrisco acrescentar, dos ensaístas, mas, ao mesmo tempo, defendesse a necessidade, para os tempos atuais, de paciência, método e modéstia, virtudes comuns, deveriam ser, aos agentes políticos, econômicos e àqueles que, como nós, optaram pela carreira acadêmica. Não como missão, mas como profissão.

---

[13] Holanda, Sérgio Buarque de. "As Monções". In: TAUNAY, Affonso de E., ELLIS JUNIOR, Alfredo et al. *Curso de Bandeirologia*. São Paulo: Departamento Estadual de Informações, 1946. p. 126-146.

REFERÊNCIAS BIBLIOGRÁFICAS:

BRUFORD, W.H. *The German Tradition of Self-Cultivation: Bildung from Humbolt to Thomas Mann.* Cambridge: Cambridge University Press, 1975.

CANDIDO, Antonio. "Introdução". *In:* F.A. Barbosa (Org.). *Raízes de Sérgio Buarque de Holanda.* Rio de Janeiro: Rocco, 1988.

DIAS, Maria Odila L. da Silva. "Sergio Buarque de Holanda, Historiador". *In:* S.B. de Holanda. *Sérgio Buarque de Holanda.* São Paulo: Ática, 1985.

GOLDMAN, Harvey. *Max Weber and Thomas Mann: Calling and the Shaping of the Self.* Berkeley: University of California Press, 1988.

HOLANDA, Sérgio Buarque de. "Erudição e Imaginação". *In:* S.B. de Holanda. *O Espírito e a Letra: Estudos de Crítica Literária II,* 1948-1959. (Organização de Antonio Arnoni Prado). São Paulo: Companhia das Letras, 1996, p. 233-237.

_____. "Missão e Profissão". *In:* S.B. de Holanda. *O Espírito e a Letra: Estudos de Crítica Literária II*, 1948-1959. (Organização de Antonio Arnoni Prado). São Paulo: Companhia das Letras, 1996, p. 35-40.

_____. "As Monções". *In:* A. de E. Taunay, A. Ellis Junior et al. *Curso de Bandeirologia.* São Paulo: Departamento Estadual de Informações, 1946.

_____. *Raízes do Brasil.* Rio de Janeiro: José Olympio, 1936.

MACHADO, Brasil Pinheiro. "Raízes do Brasil: uma Re-leitura". *Estudos Brasileiros,* Curitiba, n° 2, p.169-193, dez.1976.

MILLIET, Sérgio. "À Margem da Obra de Sérgio Buarque de Holanda". *Revista do Brasil* (Número especial dedicado a Sérgio Buarque de Holanda), Rio de Janeiro, n° 6, 1987.

SCHLUCHTER, Wolfgang. *Rationalism, Religion and Domination: a Weberian Perspective.* Berkeley: University of California Press, 1989.

WEBER, Max. *The Protestant Ethic and the Spirit of Capitalism.* New York: Charles Scribner's Sons, 1958.

_____. *The Religion of China: Confucionism and Taoism.* New York: Free Press, 1968.

SOBRE OS AUTORES

Antonio Candido de Mello e Souza é Professor Emérito da Universidade de São Paulo (USP). Um dos mais importantes intelectuais brasileiros do século XX, é autor de obras clássicas como *Parceiros do Rio Bonito* (1954), *Formação da Literatura Brasileira* (1959), *Literatura e Sociedade* (1974), entre outros.

Marlyse Meyer é Doutora em Letras pela FFCL/USP, tendo feito Pós-Doutorado em 1988, em Paris. Professora de literatura francesa no Departamento de Língua e Literatura Francesa da FFLCH/USP e professora titular no Instituto de Artes da UNICAMP, publicou, entre outros, *Caminhos do Imaginário no Brasil* (São Paulo: EDUSP, 1993), *Maria Padilha e Toda a sua Quadrilha: de Amante de um Rei de Castela a Pomba-Gira de Umbanda* (São Paulo: Duas Cidades, 1993) e *Folhetim: uma História* (São Paulo: Companhia das Letras, 1996).

Suely Robles Reis de Queiroz é Professora Associada do Departamento de História da USP, lecionando nos Cursos de Pós-graduação em História da Universidade de São Paulo. Mestre, Doutora e Livre-Docente em História pela USP, publicou, entre outros, *Escravidão Negra em São Paulo (um estudo sobre o escravismo no século XIX)* (Rio de Janeiro: José Olímpio, 1977); *Os Radicais da República* (São Paulo: Brasiliense, 1985); *São Paulo* (Madrid: Editora Mapfre, 1992); *Escravidão Negra no Brasil* (São Paulo: Ática, 1987).

José Sebastião Witter é Professor Emérito da Universidade de São Paulo (USP). Ex-Diretor do Museu do Ipiranga e do Instituto de Estudos Brasileiros (ambos da USP) e ex-Diretor do Arquivo Público do Estado de São Paulo. Atualmente Gestor de Extensão e Assuntos Comunitários da UMC (Universidade de Mogi das Cruzes). Publicou, entre outros, *Memorial de Mogi das Cruzes* (São Paulo: Ateliê, 2002); *Ibicaba – uma Experiência Pioneira* (São Paulo: Edições Arquivo do Estado); *Revolta dos Parceiros* (São Paulo: Brasiliense); *O que é Futebol* (São Paulo: Brasiliense); *Breve História do Futebol Brasileiro* (São Paulo: FTD, 1997).

Marta Rossetti Batista é arquiteta formada pela FAU-USP, onde defendeu o Doutorado em Artes. Foi Diretora do IEB-USP (Instituto de Estudos Brasileiros) de 1994 a 1998. É autora, entre outros, de *Brasil: 1° Tempo Modernista, 1917-1929* (São Paulo: IEB-USP, 1972) e *Catálogo da Coleção Mário de Andrade* (São Paulo: IEB-USP, 1984).

João Ricardo de Castro Caldeira é Doutor em História Social pela FFLCH-USP. Leciona no Curso de História da Universidade do Grande ABC – UniABC. Publicou, entre outros, *Integralismo e Política Regional* (São Paulo: Annablume, 1999) e *IEB: Origem e Significados* (São Paulo: Oficina do Livro Rubens Borba de Moraes/ Imprensa Oficial – SP, 2002).

Reynaldo Damazio é Bacharel em Ciências Sociais pela FFLCH-USP. Editor-chefe da UniMarco Editora e do site literário *Weblivros*. Autor, entre outros, de *O que é Criança* (São Paulo: Brasiliense, 1988) e *Nu entre Nuvens* (São Paulo: Ciência do Acidente, 2001).

Antonio Arnoni Prado é Professor Titular do Departamento de Teoria Literária do Instituto de Estudos da Linguagem da Universidade Estadual de Campinas (UNICAMP) e autor, entre outros, de *O Espírito e a Letra – Estudos de Crítica Literária* (São Paulo: Companhia das Letras, 1996) e *Canções da Decadência e outros Poemas* (São Paulo: Martins Fontes, 2003).

Robert Wegner é Doutor em Sociologia pelo IUPERJ. Pesquisador da Fundação Oswaldo Cruz (FIOCRUZ), publicou, entre outros, *A Conquista do Oeste: a Fronteira na Obra de Sérgio Buarque de Holanda* (Belo Horizonte: Editora UFMG, 2000).

Título	Perfis Buarqueanos
Organizador	João Ricardo de Castro Caldeira
Edição | Coordenação	Leonor Amarante
Diagramação | Projeto Gráfico	Sérgio Kodama
Assistência de Produção	Verônica Ramos
Estagiário	Jakson Fontes
Formato	14 x 21cm
Tipologia	Arial, Century Gothic
Papel	85 g/m² Pólen Rustic Areia
número de páginas	112
Tiragem	1000
CTP, impressão e acabamento	imprensaoficial

MEMORIAL

www.memorial.sp.gov.br

imprensaoficial

www.imprensaoficial.com.br/loja virtual

ctp, impressão e acabamento

imprensaoficial

Rua da Mooca, 1921 São Paulo SP
Fones: 6099-9800 - 0800 123401
www.imprensaoficial.com.br